서울, 밤의 산책자들

테마 소설집 2
서울, 밤의 산책자들

1판 1쇄 발행 2011년 3월 18일 | 지은이 전경린 외 | 펴낸이 정홍수
편집 김현숙 김현주 | 펴낸곳 (주)도서출판 강 | 출판등록 2000년 8월 9일(제2000-185호)
주소 서울시 마포구 서교동 460-45(우 121-842) | 전화 325-9566~7 | 팩스 325-8486
전자우편 gangpub@hanmail.net | 값 12,000원 | ISBN 978-89-8218-160-3 03810

이 도서의 국립중앙도서관 출판시도서목록(CIP)은 e-CIP 홈페이지(http://www.nl.go.kr/cip.
php)에서 이용하실 수 있습니다.(CIP제어번호: CIP2011000977)

테마 소설집 2

서울, 밤의 산책자들

전경린 김미월 황정은 윤이형 이홍 기준영

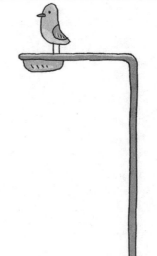

차례

백합과 공룡의 벼랑길 　전경린 　7

프라자 호텔 　김미월 　39

양산 펴기 　황정은 　67

결투 　윤이형 　91

삼인구성의 가정식 레시피 　이홍 　123

시네마 　기준영 　157

작품해설 우리 시대의 서울을 위하여 　이경재 　183

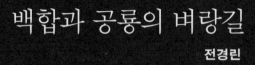

백합과 공룡의 벼랑길

전경린

서울은 내게 고도(古都)이다. 2002년부터 오 년여 동안, 나는 자하문로의 어느 동네에서 살았다. '세종대왕 나신 곳'과 '이상 생가 터' 표석이 있던 길로 매일 들고 났고, 유서 깊은 종로도서관 회원이었고 황학정의 활터를 어슬렁거렸고 인왕스카이웨이를 뛰었고 여러 해의 봄여름가을겨울을 인왕산 속에서 보냈다. 서울은 걸을 곳도 많고 찾아갈 곳도 많아 내게 발이 있는 것이 새삼 행복했던 시절이었다. 추석 연휴에, 텅빈 광화문로를 걸어 남대문을 돌아 을지로로 해서, 종로로 들어가 안국동과 삼청동을 지나, 경복궁 건춘문으로 해서 영추문으로 나왔던 긴 산책은, 생생한 촉감의 꿈처럼 간직되어 있다. 종로 3가에서 창덕궁 가는 옛 육조 거리 입구에는 장구와 꽹과리와 가야금을 쌓아둔 국악 악기 상점이 있어서 시간이 수렁처럼 깊어지는 듯했다. 함께 산책한 지인이 왕의 길이라고 말할 때, 키 큰 플라타너스 가로수 사이로 언뜻 돈화문이 보였었다. 궁궐 뒤, 먼 산의 귓가에 떠 있던 은단갑만한 전각이, 구름 사이로 흘러가는 듯했다. 그 후로 서울은 내게 고요한 곳이다. 어떤 소요와 소동과 축제도 빨아들여 정화하는 오래된 폐부를 가진 도시, 그래서 「백합과 공룡의 벼랑길」이라는 아득한 소설 제목이 나왔을 것이다.

1962년 경남 함안에서 태어났다. 1995년 동아일보 신춘문예에 중편 「사막의 달」이 당선되며 등단했다. 소설집 「염소를 모는 여자」 「물의 정거장」, 장편소설 「아무 곳에도 없는 남자」 「내 생에 꼭 하루뿐일 특별한 날」 「황진이」 「풀밭 위의 식사」 등이 있다. 한국일보문학상, 문학동네소설상, 이상문학상, 현대문학상을 수상했다.

오전에, 뜻밖의 부고를 받았어요. 우리 아래층에 혼자 살았던 노인이 세상을 떠났군요. 당신은 몰랐겠지만, 그는 내게 유일한 이웃이었어요.

　부고에 적힌 '별세'라는 단어의 의미를 새삼 생각해보았어요. 세상과 작별하는 일. 문득 우리가 사는 이곳을, 다른 곳에서 바라보는 기분이 들었어요. 그 옛날 원시인처럼요. 그가 이곳에서 떠나갔다면, 어딘가 그가 떠나가 있는 다른 세계가 있어야 할 것 같았지요. 하지만 그게 아니란 것을 나는 늘 느껴요. 우리가 가는 곳은, 늘상 우리가 숨 쉬고, 팔과 다리를 휘젓고, 우리의 뺨을 부비는 바로 이 공기 속이지요.

　잘 지내나요…… 이따금 내 곁의 햇살 속을 더듬으며 당신에게 인사를 했어요. 떠난 것들이 다 그렇듯, 당신은 내 뺨과 입술에 닿는 공기처럼 나를 감쌌으니까요. 깊은 밤에 자다가도, 두 팔을 어둠 속에 뻗고 당신을 불렀어요. 당신이 없는 채로, 내 곁에 있는 것도 좋았어요.

내가 노인을 처음 보았을 때, 그는 이미 상당 부분 세상을 떠나 있었어요. 몸피가 마르고 척추가 꼿꼿했고 이마가 단정했지요. 야윈 얼굴 깊숙이 박힌 퀭한 눈은 서늘한 그림자 속에서도 너무 맑아 흰자위에 진주빛이 반짝였어요. 그리고 몸 전체의 잔뼈들조차 바르고 단정했고 늑골 부위는 애욕이 증발된 자리처럼 공허했어요. 숱이 적은 머리카락을 바짝 당겨 고무줄로 묶었었지요. 1932년생이라고 했어요. 평생 고등학교 영어 교사를 했다더군요. 그 당시에는 초등학생들에게 과외지도를 하고 지냈어요. 수업이 있는 오후에는 현관이 신발들로 넘쳤어요. 현관문 밖으로 비어져 나온 신발들이 마치 쏟아진 이빨들 같았죠.

하지만 무엇을 하는지 집 안은 고요하기만 했어요. 아이들이 문제지에 답을 쓰고 있었거나 속으로 문법을 외우고 있었는지 모르죠. 노인은 성격이나 기분 같은 것이 없는 사람 같았어요. 나이를 제대로 먹으면 누구나 그렇게 되는 것인지도 모르겠어요. 중립적이고 신중하고, 그리고 환한 분이었어요. 그는 나에게 친절했던 유일한 주민이었죠.

당시에 난, 햇빛 알레르기를 앓았지요. 햇빛이 스치기만 해도 사포로 문지르는 듯 얼굴이 아프고 가려웠어요. 외출이라도 하고 난 뒤엔 피부가 붉게 부어올랐다가 잠시 후엔 빳빳하게 굳었지요. 집에 틀어박혀 지내도 자주 콧등이나 뺨, 목이나 귀밑에 붉은 두드러기가 돋았죠. 의사는 체질이어서 고칠 수 없다고 했어요. 나에 대한 모든 해석은 실은 체질로 마무리되고 말지요. 자기 체질이라는 점액질에 감싸여 꿈같은 궤적을 그리는, 그것이 삶일지도 모르겠어요.

난 안방의 남향 창에 커튼을 치고 그 위에 두꺼운 겨울 천들을 덧붙여야 했어요. 그러고도 못 견뎌 낮 동안은 안방에서 쫓겨나오곤 했어요. 광선을 아무리 막아도 열기 자체가 알레르기 세균을 증식시키기라도 하듯 피부 반응이 일어났지요. 난 냉장고 속처럼 작고 서늘한 북향 방의 앉은뱅이책상이나, 부엌의 서늘한 식탁에서 일을 했어요.

물론 다니던 직장도 그만두었고, 일을 안할 수는 없으니 선배 혼자 해나가는 소규모 출판사의 하청을 받았지요. 원고를 받아 윤색하는 일이었어요. 주로 유명 인사들이 쓴 에세이류였어요. 선배는 원고를 받기 위해 저자들을 찾아다니며 몇 년씩 공을 들이곤 했죠. 서울뿐 아니라 강원도의 산골들과, 전라도의 시골들, 제주도, 지리산 구석구석, 서해의 섬까지 찾아간다고 들었어요. 내용보다는 저자들의 유명세에 힘입어 별 광고 없이도 조금씩 팔리는 책들이었는데 의외로 책 수명이 길어 재미가 쏠쏠하다고 했어요.

종일 글자에 눈을 박고 있다가 오후 세시 무렵 챙이 넓은 모자로 무장한 뒤 현관문을 밀고 나가 북향 계단참에 서곤 했어요. 그 계단참은 테라스처럼 허공에 돌출되어 있어서 바람 쐬기에 좋았어요. 정면에 커다란 밤나무가 서 있는 앞산에서, 가을에는 샛노란 아카시아 나뭇잎이 바람에 날려 들어오고 겨울엔 흰 눈송이들이 날려 왔지요. 여름엔 비가 들이쳤고 봄엔 산벚꽃 잎이 날려 왔어요. 난 그곳 계단에 앉아 담배를 피우거나, 차를 마시거나 산 향(香)을 삼키며 멍하니 정신을 놓곤 했지요. 당시 내 의지처는 아마도 그 앞산이었던 것 같아요.

어느 날 부산스러운 소음이 들려 계단참 아래를 내려다보니 노인이 우리 아파트 동 앞에서 화단을 만들고 있더군요. 순모 털실로 듬성듬성 짠 머플러같이 따스한 햇살 사이로 성기고 포근한 바람이 불어온 날이었어요. 그 바람이 얼굴을 스칠 때마다 난 미묘하게 가려워서 눈을 움찔거렸어요. 당신과 내가 함께했던 마지막 봄이었지요.

그 아파트는 산속에 서 있었는데, 내가 살았던 동은 암반 위에 세워져 있어서 축대까지만도 거의 2층 높이의 계단이 걸려 있었어요. 내가 사는 아파트의 뒷동은 또 2층쯤을 더한 높이의 축대 위에 서 있었고요. 비스듬히 올린 그 축대는 여름과 가을엔 코스모스를 닮은 오렌지색 꽃무리와 나팔꽃으로 뒤덮였어요. 하지만, 꽃들이 모두 져버린 긴 겨울 동안 아파트는 유형지의 수용 시설처럼 삭막

했지요.

내 창가의 수양버들 가지에 싹이 돋던 무렵이었어요. 노인은 축대 아래에 돌을 쌓고 산 밑에서 종이 푸대로 흙을 날라 붓고 있더군요. 노인과 현관문을 마주한 집의 어린 쌍둥이들이 노인을 따라다니고 아직 어린 봄 햇빛이 노인의 등을 아른아른 비추었어요. 이른 가을 햇빛은 노란 레몬빛, 이른 봄 햇빛은 흰 목련빛이더군요. 그러고 보니 레몬은 참 현세적인 색이고 목련은 피안의 색이군요.

나는 흙을 나르는 노인을 내려다보다가 묶은 머리통의 모양이 어처구니없도록 귀여워서 실소를 했어요. 오며 가며 그저 눈인사나 하던 사이였지만 그날은 잘 아는 사이처럼 거리감이 사라지고 없었어요. 하긴, 그렇게 지낸 지도 몇 년이나 되었으니까요.

나는 담배 끝을 쥐고 마지막 모금을 깊숙이 빨아들였어요. 니코틴 냄새가 끈적하고 예리하게 정수리로 몰려들었어요. 담뱃불을 끄고 천천히 계단을 내려가 노인에게 인사했어요. 그리고 불쑥 물었답니다.

"저도 이 화단에 꽃을 심어도 되나요?"

앞 동의 할머니 둘이 축대 위 방석만한 양지에 앉아 있다가 나를 내려다보았고 쌍둥이들이 햇빛 때문에 얼굴을 찡그리고 올려다보았어요. 내가 왜 그랬을까요? 이 세상에 화단 하나가 새로 생기고 있었기 때문일까요? 동네 사람들에게 평판이 나쁜 줄 알았기 때문에 무슨 오기가 났던 것일까요? 어쩌면, 그것이 내 마음의 표면 위에 떠오른 변심의 어떤 단초가 아니었을까요? 내가 당신에게서 등을 돌린 첫날……

　그건 내가 이웃에게 말을 걸었던 첫 문장이었어요. 저도 이 화단에 꽃을 심어도 되나요…… 가까이서 들여다본 노인의 눈빛은 곧고 맑았을 뿐 아니라 은밀했어요. 진실들을 말로 전하지 않고 영원히 비밀로 묻은 눈빛 말이에요.

　노인은 작게 웃음 지으며 고개를 끄덕였어요. 그러시오, 그래요…… 노인도 대낮에 몸을 붙이고 다니는, 나잇살이나 먹은, 나와 당신을 모르지 않을 텐데 내색 없이 흔쾌히 허락했어요. 나는 축대 위에서 내려다보는 할머니들을 희뜩 올려다보았어요. 할머니들이 내 이야기라도 쑥덕거렸는지 소리 없이 앙글거리던 눈들을 화들짝 피했어요.

　백합을 심고 싶었어요. 당신 알아요? 백합은 공룡의 추억을 가지고 있는 여름 꽃이에요. 백악기에도 피었던 정말 오래된 꽃이죠. 백합은 햇볕 속에서 아무런 피해의식도 없이 평화롭고도 화려해요. 난 커다란 물뿌리개도 살 생각이었어요. 매일 작업을 마친 뒤에 물뿌리개에 물을 가득 채우고 태연하게 내려가 나의 백합에게 물을 주리라고 마음먹었어요. 그리고 새하얀 귀처럼 깊고 커다란 백합꽃에 입을 대고 내 마음을 조금씩 이야기하고 싶었어요.

　그때 2층에 사는 두 여자가 나왔어요. 그 아파트는 1층이 지하같이 길에서 아래로 내려가야 했고 2층은 1층인 양 길과 닿는 구

14

조였잖아요. 그래서 길과 우리 아파트 동의 2층 사이에 짧은 시멘트 다리들이 네 개의 통로마다 걸려 있었지요. 머리카락이 긴 여자는 늘 그렇듯이 연푸른 머릿수건을 쓰고 있었어요. 항상 입는 긴 스커트도 그대로였고요. 갈색 혹은 푸른색 스커트들 말이에요. 화장기가 전혀 없는 얼굴이 약간 누랬어요. 가꾸면 눈에 띄게 예쁜 여자일 텐데, 그냥 버려둔 채 세월이 흐르는 오래된 집의 뒷 정원 같은 여자였어요. 은밀하기도 하고 피폐하기도 하고 고집스럽기도 한데 이상하게 향긋한 모습. 꽃말처럼 사람에게도 말이 있다면, 그 여자의 말은 이런 것이 아닐까요.

'나를 가만히 놔둬요, 나도 당신들을 그대로 놔둘 게요.'

머리카락이 짧고 늘 바지를 입는 여자는 골판지 상자를 들고 있었어요. 골격은 약간 더 굵었으나 그 여자 역시 긁힌 자국이 많은 유리처럼 어딘가 피폐했고 조용했고 창백한 사람이었죠. 둘 다 오래된 베지테리언인지도 모르겠어요. 기름기라곤 없는 피부였거든요. 시든 야채같이 평화로운 식물성 여자들. 번갈아가며 짐을 들고 번갈아가며 운전을 하는 것을 몇 년째 보았어요. 아마 번갈아가며 세탁도 하고 요리도 하겠지요.

두 여자들은 노인에게 가벼운 목례를 하고 지나갔어요. 난 그 여자들의 음성을 들어본 적이 없었어요. 여자들은 축대 아랫길로 올라가 얼마 뒤 천천히 차를 몰고 다가왔어요. 요즘은 거의 보이지 않는 오래된 경차였는데 뒷좌석은 붉은 담요로 감쌌고 앞좌석은 노랑이 많이 든 퀼트 시트를 씌워 차 안이 가난하고 따스한 거실 같더군요. 두 여자가 지나가며 나와 노인에게 눈인사를 했어요. 나도 놀란 눈으로 속눈썹을 깜박여주었죠. 차는 우리 곁을 스치듯 지나 마을버스 종점 쪽으로 사라졌어요.

여자들은 늘 오후 세시쯤에 그 길을 따라 나갔지만 여자들이 어디로 가는지, 그곳에서 날마다 무엇을 하는지는 알 수 없었지요. 여자들이 집으로 돌아오는 것은 본 적이 없었어요. 아주 늦은 밤이나 새벽에 돌아오겠지요. 여자들은 자기들만의 나라에 사는 외국인이었어요. 하긴 누구나 그렇긴 해요. 당신과 나도 그렇고, 혼자 사는 노인도 그렇고, 축대 위에서 내려다본 노파들도 그렇고, 어린 쌍둥이들도 그랬어요. 누구나 그 마을의 외국인들이었죠. 그건 내게는 이웃이라는 사람들 사이의 적절한 거리 같기도 했어요.

화단을 만드는 축대 밑 길은 벼랑길처럼 좁고 궁색한 길이었어요. 그 길의 한쪽은 아파트 안으로 흘러내려가 마을버스 종점으로 갔고, 한쪽은 산허리에 달라붙어 가다가 언덕 위에서 자동차 도로와 짐승의 창자 속같이 좁은 내리막 골목길로 갈라졌죠. 표시는 없었지만 주민들은 일방통행로처럼 한쪽에서만 들어오는데, 타지 사람이 방향을 잘못 잡고 들어와 한가운데서 마주치기라도 하면 오도 가도 못하고 실랑이를 벌이곤 했어요. 난 그 길을 벼랑길이라고 불렀어요. 몇 번의 봄과 가을, 몇 번의 여름과 겨울 사이에, 내 모든 것이 그 아래로 쏟아져 내린 벼랑길.

기억나요? 사랑니 뽑았던 날이요. 봄꽃들이 폭죽이 터지듯 마구 피어나던 때였어요. 그 해엔 개나리와 목련, 제비꽃과 벚꽃과 라일락이 시차도 없이 한꺼번에 개화했지요. 이상기후로 인해 봄이 짧아 꽃들이 서두르는 것이라고 하더군요. 늦겨울부터 간간이 염증을 일으켜 잇몸이 붓고 피가 났었어요. 당신은 혀로 부어오른 내 잇몸을 훑고 염증의 피를 빨아 맛을 보곤 했어요. 당신은 내 모든 것의 맛을 보려고 했죠. 살이든 피든 눈물이든 냄새든 분비물이든…… 병원에 가야 해, 라고 당신이 말했지만 난 그냥 넘겼어요. 며칠 견디면 나아지곤 했으니까요. 마침내 뺨까지 부어오르고 두통이 오더니 목이 부어 침을 삼키기도 힘겨웠어요.

그날은 채에 친 가루같이 가는 비가 내렸어요. 우리는 커다란 우산을 둘이서 쓰고 전철역 앞 3층의 치과에 갔어요. 그런 통증과 불편함을 어떻게 참고 지냈는지 의사가 의아해하더군요. 나는 당신이 나를 사랑해서였다고 생각했어요. 세상이 아득히 멀었던 것처럼, 그런 통증과 불편함마저 둔감했거든요. 사진을 찍은 뒤 치과 화장실에 갔다가 왼쪽 볼이 부어올라 균형을 잃은 얼굴을 보았어요. 사랑을 격렬하게 나눈 직후여서인지, 혹은 사랑니의 격통 때문인지 눈 속 실핏줄까지 터져 있더군요. 조금 전까지 잇몸에서 흘러나온 핏물을 나누어 삼키고 이마를 맞대고 서로 눈을 떼지 못한 채 병원에 들어왔던 당신과 나를 떠올리니 어처구니가 없었어요. 그런 얼굴을 당신은 어떻게 사랑할 수 있는지 어리둥절하더군요. 이웃 주민들의 눈빛에서 새어나오던 질책처럼, 우린 좀 미쳐 있었던 거예요.

돌아가니 당신은 모니터에 떠오른 치아 엑스레이 사진을 보고 있었어요. 안전한가요? 당신이 묻고 있었어요. 의사는 나를 진료의자에 앉게 한 뒤 모니터에 떠 있는 사진을 보며 설명을 시작했어요. 사진상에 왼쪽 아래 사랑니는 나지 않고 완전히 누워서 바로 앞의 어금니를 밀고 있었어요. 어금니는 앞으로 기울어진 상태였고 그 사이에 심한 염증이 생긴데다 충치까지 진행되고 있었죠.

"메스로 잇몸을 찢고 매복 사랑니를 발치한 후 잇몸을 성형해야 해요. 마취하는 시간까지 대략 한 시간 잡고 오셔야 합니다. 오늘 예약을 하고 가십시오. 한 삼 일 뒤쯤 시간이 잡힐 겁니다."

"위험하지는 않습니까?"

"매복 사랑니가 신경 가까이에 있어 조심해야 합니다. 하지만 걱정 마세요. 위험하지만, 우리는 늘 사랑니를 뽑는걸요."

의사는 대답을 교묘하게 피하며 도무지 안심이 되지 않게 설명했어요.

"안전하냐고요?"

당신은 때론 타인들에게 심술궂고 무례했어요.

"안전하게 해야죠."

의사는 당신을 무시하며 외면했어요.

당신은 사랑니를 뽑은 뒤 미쳐버린 어떤 남자에 관한 소문을 듣고 온 참이었어요. 사랑니를 뽑은 뒤 입술의 반에 감각을 잃은 사람 이야기도 어디서 듣고 왔죠. 혀의 일부에 맛을 잃은 사람도 있다고 했어요.

　예약을 한 뒤 당신은 내 어깨를 안고 신경질적으로 치과에서 나왔어요. 그사이 비가 그쳤지만 우린 커다랗고 검은 박쥐우산을 쓰고 골목 안으로 들어가 경복궁 서문 앞에서 무턱대고 위로 올라갔어요. 조용한 길이죠. 맞은편 경복궁 담에 잇댄 포석이 깔린 길엔 유럽인으로 보이는 덩치가 우람한 남자 셋이 청와대 방향으로 걸어가고 있었어요. 플라타너스 가로수들이 수직으로 높이높이 서 있었어요. 겨우 50미터 안인데 바깥 자하문 길과는 전혀 다른 적요한 기류가 흐르고 있었어요.

　"참 닮았지?"

　"참 닮았어요."

　우리는 우산 속에서 선문답을 주고받았어요. 그리고 내가 중얼거렸죠.

　"너를 뽑아낸 뒤에 미쳐버리는 나, 너를 뽑아낸 뒤에 입술의 반에 감각을 잃어버리는 나, 너를 뽑아낸 뒤에 혀의 어떤 맛을 상실하는 나……"

　당신은 나를 끌어안고 힘껏 얼굴을 밀어붙여 부어오른 뺨을 아프도록 짓눌렀어요. 비는 진작 그쳤는데, 우린 우산 속에 있었지요.

　무슨 이유인지 주택지에는 늦은 오후부터 불을 켜는 집들이 있었어요. 맞벌이부부 집의 아이가 학교에서 돌아와 빈집이 서먹해 본능적으로 불을 켜는지 몰라요. 어쩌면 북향 창들의 천장이 낮은 부엌을 가진 혼자 사는 노파가 흰 쌀을 씻고 일찌감치 밥을 짓느라 불을 켜는지도 모르죠. 노파는 냉장고를 뒤져 보잘것없는 재료들을 꺼내놓고 쳐다보다가 도마를 펴고 시든 감자나 무를 칼로 썰기 시작하겠지요. 관절염을 앓는 노파는 문득 성가셔서 먹다 남은 졸아붙은 찌개에 물만 붓고 데울지도 몰라요. 도심의 사무실 건물들에도 불이 빨리 켜지는 창들이 있어요. 아마도 사무실을 혼자 꾸려가는 영세한 사장들이 영업을 마치고 들어와 전등 아래서 서류 정리를 시작하는 거겠지요.

띄엄띄엄 도시에 불이 들어오는 그 시간이 내가 방의 창에 드리운 두꺼운 천들을 걷고 바깥을 내다보는 시간이었어요. 하늘의 파란빛이 일순 질리듯이 짙어지는 시간이죠. 성에가 낀 창문처럼 추워 보이는 흰 달과 찢긴 틈에서 빠져나온 것 같은 금성이 백열전구의 빛처럼 떠 있기도 했어요. 황혼과 함께 저녁이 오면 고층 빌딩에 스카이라인을 알리는 붉은 조명등도 켜져요. 상공을 지나는 비행기들에게 알리는 불빛이라고 들었어요. 그리고 누군가의 전화를 받거나, 물을 한잔 마시거나 화장실을 다녀오거나 하는 사이에 서울타워의 기둥에 파충류의 몸통을 연상케 하는 초록빛 조명이 들어와요.

흉한 빛이지만 어쨌든 나름대로 정이 들어버린 타워죠. 어느 흐린 날 낮에 가까이 가서 보니 레미콘 공장의 시멘트와 모래와 자갈을 뒤섞는 설비처럼 회색 시멘트 기둥이었는데 엄청나게 크고 높았지요. 그날 당신과 난 케이블카를 탔어요. 내려가는 속도가 생각보다 빠르고 경사가 가파르더군요. 도시는 온갖 색의 보석으로 휘감은 셀 수 없이 많은 탑들처럼·반짝거리고 있었어요.

창밖으로 얼굴을 내밀고 저녁 바람에 얼굴을 씻는 사이 왼편 삼청동 쪽으로 흘러가는 자동차들이 어느새 라이트들을 켜요. 빛들은 그렇게 오케스트라의 악기처럼 등장해 제 음률을 연주해요. 가라앉는 어둠을 배경으로 음표처럼 깜박이는 불빛들의 연주를 듣고 있는 사이 조선시대의 왕궁은 도굴된 무덤들처럼 점점 더 캄캄하게 아래로 가라앉는 것 같았어요.

아…… 나는 긴 숨을 쉬어요. 오후가 저녁으로 기우는 시간에 날마다 뼈들이 아파왔어요. 존재가 인내하던 불안의 끈을 놓쳐버리고 안도감 같은 공허의 검은 안개 속으로 실려 가는 거예요. 꾸물꾸물 저녁을 챙겨먹고 원고를 보거나, 서랍 정리 같은 것을 하거나, 텔레비전을 보며 밤 시간을 보내고 세수를 한 뒤 커튼을 내리기 위해 창으로 다가가면, 밤이 보였어요.

밤은 검정색 헝겊으로 귀를 틀어막은 짐승 같았지요. 그 실어와 난청의 밤 저편에 낙산 언덕이 안개 속에 금모래를 뿌려놓은 듯 아련히 반짝거렸어요. 낙타가 앉아 있는 모습이라고 하죠. 오래 바라보고 있으면 뿌려진 불빛들이 모여 낙타의 형상을 이루고 내 창을 향해 걸어올 것만 같았어요.

그러다가 궁금증이 생겨났어요. 피안 같은 저곳에서, 앉아 있는 낙타의 등에 올라, 내가 사는 이편을 보면 어떻게 보일까? 그곳에 서면 아름다움과 흉측함의 비밀이 마술처럼 드러날 것만 같았어요. 나는 그 말을 당신에게는 하지 않았어요. 나 혼자 가서 보고 싶었거든요.

의사는 벌린 입 안에 달콤한 딸기 향 스프레이를 뿌렸어요. 잇몸 마취제였지요. 그리고 얼얼한 잇몸 마취주사를 놓았어요. 한 번, 두 번, 세 번. 가느다란 주삿바늘이 잇몸 속에서 휘어지는 느낌이 들었어요. 마취주사를 맞고 진료의자에 누워 기다리고 있을 때, 눈앞에 당신 얼굴이 불쑥 나타났어요. 꼭 아이를 받으러 온 남편 같은 얼굴이었어요. 오지 말라고 당부했는데도 당신은 회사에서 굳이 외출을 한 거예요. 의사가 다시 왔고 간호사가 나가서 기다리라고 냉담하게 당부했어요. 당신은 의기소침한 얼굴로 대기실 의자로 가서 기다렸어요. 간호사가 별난 보호자라고 혀를 내두르는 빛이 역력하더군요.
당신이 나간 후 간호사가 내 얼굴에 입 부위만 구멍이 뚫린 천 마스크를 덮었어요. 초록색이었을 거예요. 마스크가 덮이자 혼란스러워지더군요. 누구도 아닌 생명의 원형질이 된 것 같았지요. 아마 그편이 의사가 작업하기엔 편하겠지요. 먼저 입을 한껏 벌리게 해 쩍 벌린 꺾쇠로 고정시키더군요. 그리고 메스로 잇몸을 절개하고 속을 파헤쳤어요. 누워 있는 사랑니가 드러나자 펜치로 단단히 집고 흔들어댔어요. 목까지 뽑을 기세더군요. 찍걱찍걱 소리가 나더니 이빨이 우두둑 깨어졌어요. 그 순간 눈물이 흘러나왔어요.

그것은 참담한 고독감이었어요. 나사가 풀려 다리 한쪽이 빠져버린 의자와 손잡이가 떨어진 찻잔, 타이어가 퍼진 채 오래 잊힌 녹슨 자전거 같은, 그런 망가진 사물들의 고독을 알게 되었어요. 의사는 망치 같은 것으로 두드려서 부수어가며 사랑니를 빼냈어요. 의사는 잇몸을 기운 후 담배 필터처럼 생긴 솜을 끼워주었어요. 그리고 아이스팩과 진통제를 처방해주었지요.

그날 당신은 치과에서 나를 데리고 나와 택시를 잡았어요. 남대문으로 가자고 했죠. 나는 마취가 풀리지 않아 혀와 입술이 굳어 있었어요. 입술을 이빨로 건드려보면 밖으로 뒤집힌 채 세 배쯤 부풀어 있는 것 같았어요. 혀끝에만 남은 신경이 거슬려 혀를 이뿌리에 계속 비벼대며 나는 왜 가는지 묻지도 않고 실려 갔어요.

우리가 내린 곳은 남대문의 시장이었어요. 갈치조림 식당들이 늘어선 좁은 골목을 지나자 가방 가게가 늘어선 길이 나왔어요. 일본 여자들과 중국 여자들이 흥정을 하고 있었어요. 당신은 수입품 몰의 지하로 나를 데려가 찻잔을 고르라고 했어요. 찻잔이라니…… 당신은 내가 며칠 전 찻잔을 깨뜨리고 아쉬워하던 것을 마음에 담아두었던 것이지요. 난 받침이 높고 손잡이가 가느다란 고전적인 형태의 머그잔 세 개를 골랐어요. 옅은 노란색 바탕에 흰 백합꽃이 새겨져 있었지요. 당신은 무선 전기포트도 사주었어요. 당신은 포장한 상자들을 양손에 들고 돌아서더니 순식간에 내게 입을 맞추

었어요. 입술 반쪽에 마취도 풀리지 않았지만, 다시 사람이 된 것
같더군요. 녹색 천의 마스크가 걷히고 얼굴이 돌아온 것 같았어요.
사람이라는 느낌은 참 향긋한 것이지요.

　그 수입 쇼핑몰의 1층 식품코너에서 우리의 이웃인 두 여자를
보았어요. 좁은 통로에 사람들이 지나다니고 있어서 느리게 빠져
나가느라 우연찮게도 여자들을 관찰하게 되었지요. 인도 문양의
두건을 쓴 여자들은 네덜란드 버터와 치즈, 독일제 피클과 소스,
살라미 햄 같은 것을 앞에 쌓아두고 수첩의 메모를 보고 있었어요.
목소리도 살짝 들렸어요. 후추가 필요하다든가, 미네랄 소금을 찾
아야 한다든가 하는 말들…… 상상했던 것보다 더 낮고 건조한 음
성이었어요. 맥주와 담배 맛이 밴, 좀 스산하고 탁하고 평화로운
음색.

　여자들은 어딘가에서 카페를 하는 것 같았어요. 아마도 부드러
운 음악이 흐르고 싱그러운 허브 향이 밴 지하의 조그만 카페겠지
요. 맥주와 커피가 있을 거예요. 스파게티와 피자와 볶음밥 같은
메뉴가 있지 않을까요? 오징어와 해바라기씨 같은 안주도 있을지
몰라요. 약간 인도풍의 여자들이니 탄두리 같은 카레 요리도 있을
것 같아요.

　우리가 곁에 멈춰선 것을 한 여자가 알아보더군요. 나는 미소까
지 지으며 고개를 까닥했어요. 그리고 마취된 입술을 겨우 움직여
말을 걸었어요. 카페를 하나봐요…… 하지만, 여자는 냉담했어요.
순간적으로 나를 밀어내고 돌아서는 작은 도마뱀 같은 초록빛 시

선이 당황스러웠지요. 나를 가만히 놔둬요. 나도 당신들을 가만히 놔둘 게요…… 나는 그녀들의 꽃말을 생각했어요. 그녀들과 나의 닮은 점을 그때서야 깨달았어요. 이웃들과 달리, 우리는 서로 심판하지 않아요. 그 여자들에게 우리는 자기들의 카페와 주방 바깥의 사람, 인생 바깥의 사람, 스쳐갈 뿐 알고 싶진 않은 외국인, 아무리 보고 또 보아도 서로의 증인이 되지는 못하는 사람들, 그녀들과 우리, 서로가 무채색 배경에 지나지 않는 타인들이었지요. 서로 심판하지 않기 위해 더욱더 무관심해진 타인들, 그것이 이웃이었어요.

당신은 늘 술을 많이 마셨어요. 당신 아내와 나 사이에서, 나와 당신 아이들 사이에서, 당신 집과 내 집 사이에서, 햇살과 비와 낮과 밤 사이에서, 현실과 꿈 사이에서, 당신은 스스로 해치며 무너지고 있었어요.

술 취한 날 당신은 택시를 타고 벼랑길을 거꾸로 밀고 들어와 그곳 주민들과 말썽을 일으켰어요. 내가 데리러 나올 때까지 버티곤 해서, 그러지 않아도 유명한 우리 커플을 더욱 유명하게 만들었죠. 당신은 그 길에서 내 창을 향해 소리 지르기도 했고, 그 길에서 어스름에 내 온 얼굴에 입 맞추기도 했어요. 인사불성으로 술에 취해 밤새 그 길에 쓰러져 잔 날도 있었고, 어느 날은 당신에게 넌더리가 나 도망치는 나를 쫓아 달리기도 했었지요. 그 벼랑길에 난 백합 구근을 심었어요.

노인의 부고장이 온 주소는 그곳이 아니었어요. 그곳은 이제 헐리고 없으니까요. 그 낡은 아파트는 이주가 끝난 뒤 최신 공법으로 폭파되어 소리도 없이 무너져내렸어요. 내가 햇빛을 피해 천들을 덧붙이고 덧붙였던 그 방의 창은 허공의 어느 좌표쯤이었을까요? 모든 것이 무의미해진 뒤에도 그 창에 걸리던 풍경은 잊을 수 없어요. 그리고 봄 태풍이 온 날 맞은편 낙산에 올라가 본 그 창 쪽의 풍경도요.

비바람이 치고 있었지만 시야는 맑고 고요했어요. 뭔가 조금 이상한 날씨였죠. 나는 챙이 넓은 모자를 스카프로 묶어 얼굴을 꽁꽁 가려야 했어요. 우산은 물론이고 우의까지 챙기고 나섰지요. 여우비처럼, 환한 날 몰아치는 여우태풍 같은 것도 있을까요…… 그곳에선, 서울의 남쪽과 북쪽과 서쪽의 길고 크고 넓은 풍경이 한눈에 보였어요. 파노라마 기법으로 훑는 시네마스코프의 대형 화면처럼 풍경이 내 눈을 따라 흐르는 것 같았어요. 비바람 덩어리가 마포 쪽과 서대문에서 사선으로 몰려와 광화문과 종로 쪽으로 빠르게 몰아쳐 가서 명동과 남산에서 휘돌다가 멈추는 듯하더니 을지로와 안국동으로 움직여 효자동을 거쳐 부암동과 평창동으로 내달려 수유리 쪽으로 넘어가는 것이 생생하게 보였어요. 비바람이 치는데도 모든 풍경이 비현실적으로 선명하더군요. 대략 그쯤이려니 하고 방향을 정한 뒤 자세히 살펴보니 아득히 먼 산허리에, 내가 사는 아파트가 비스듬히 서 있는 것도 보였어요. 꼭 일회용 라이터를 세워놓은 것 같더군요. 바람 속에서 넘어질 듯 위태로웠어요. 난 그곳에 주저앉아 오래 내 창 쪽을 바라보았어요.

그날 본 게 무엇이냐고요? 그곳에서 내가 본 것은, 백합꽃 핀 벼랑길을 거대한 몸으로 매달리듯 걸어가는 피투성이 공룡이었어요. 내가 본 것은 백악기부터 시작된 실어와 난청의 아득한 고집이었어요. 우린 삶에 등 돌린 채 꿈속에서 다른 꿈속으로 떠밀리기만 하고 있었어요. 셀 수 없이 많은 남자와 여자들이 서로를 후벼 파며 하강하는 심연이 보였어요. 그만, 당신 손을 놓고 싶었어요.

봄꽃들이 다투어 피던 그 봄에 우리는 거의 매일 다투었어요. 술에 취하면 당신은 내가 앓는 햇빛 알레르기를 까맣게 잊어버리고 어처구니없는 소리들을 잘도 했지요. 우리가 그 동네 단골집에서 마지막으로 맥주를 마셨던 날도요. 집이 굴속처럼 어둡고 답답하다. 너는 왜 외출을 안하느냐, 틀어박히는 그 성질 때문에 올해도 꽃놀이를 못 갔다. 너와 살면 봄이 일 년에 세 번 네 번 찾아온다 해도 꽃놀이 한번 못 갈 것이다. 나는 둘이 함께 새로운 사람을 사귀고 싶은데 너는 낯선 사람은 무조건 피한다. 너는 왜 친구도 소개해주지 않느냐…… 난 너와 생활을 하고 싶다. 왜 우리의 세상엔 너와 나 단둘뿐이냐, 너와 있으면 북극의 얼음집에 사는 것처럼 외롭다…… 우리가 서로에게 그토록 파고들었으니, 바위라 해

도 뚫었을 텐데, 우리는, 우리는 말이에요, 검은 헝겊으로 귀를 틀
어막은 밤처럼 캄캄했어요. 당신이 내 고향에 가서 가족에게 인사
를 시켜달라고 했을 때 나는 닭다리 뼈를 내려놓고 말했어요.

"우리 헤어져요."

당신은 일어서서 테이블 너머로 팔을 뻗어 시정잡배처럼 내 몸
을 잡고 흔들었어요.

프라이드치킨 접시가 바닥에 떨어져 뒹굴고 맥주 잔 하나가 떨
어져 깨어졌어요. 출입구 앞 낮은 칸막이 너머에서 닭을 튀기던 주
인 여자가 놀란 눈으로 우리를 쳐다보았어요. 나는 당신을 뿌리치
고 밖으로 뛰쳐나왔어요. 뒤따라 나온 당신은 그게 준비해둔 말이
냐, 갑자기 한 말이냐고 따졌어요.

"우린 다 했어. 당신도 알아, 우리가 모든 것을 했다는 것을."

당신은 대답을 못했어요. 내 가방을 낚아채더니 아파트 키를 빼
내고 도로 술집으로 들어갔어요. 난 술집 사이의 좁다란 틈으로 들
어가 짐승의 내장 속 같은 골목길을 일부러 돌고 돌아 느리게 걸
어 올라갔어요.

그 골목은 당신이 뒷걸음으로 빠져나가야 할 길처럼 좁고 길고
검더군요. 난 뒤로 걸어보았어요. 누군가가 쇠막대기를 들고 뒤통
수를 자꾸만 후려치는 것 같더군요. 그래도 계속 걸었어요. 어깨
와 등과 머리가 여기저기 부딪치고 팔다리가 벽에 쓸리고 광대뼈
가 쓸렸어요. 골목이 꺾이는 지점에서는 벽 모서리가 옆구리 깊숙
이 박혔어요. 나는 계속 뒤로 걸었어요.

지금 생각하면 이상해요. 왜 나는 당신만 뒷걸음으로 나가야 한다고 생각했을까요? 나 역시 이렇게도 오래 뒷걸음질을 치고 있는데 말이에요.

그날, 당신은 내 아파트에 먼저 와 있더군요. 축대 아래서 올려다보니 안방 창에 불이 켜져 있었어요. 난 보랏빛 라일락이 터널을 이룬 긴 계단 길을 한 발 한 발 올라갔어요. 달콤한 라일락 향이 뺨과 팔과 다리의 쓸린 상처 속으로 꿀처럼 파고드는 것 같았어요. 계단 길 끝, 노인이 만든 벼랑길의 화단 앞에 쭈그리고 앉아 손바닥으로 흙을 더듬어보았어요. 내가 심은 백합 구근은 아직 싹을 틔우지 않았더군요. 4층 나의 아파트 계단에 오르니 불 켜진 부엌 창에 당신의 그림자가 어른거렸어요. 아마도 술잔을 찾거나 안주를 찾아 냉장고를 뒤졌겠지요. 내 생애 속에서 다시는 당신 얼굴을 보고 싶지 않았어요.

스스로를 벼랑길 아래로 떠밀듯이 난폭한 다짐을 하며 난 몸을 돌리고 계단을 되짚어갔어요. 그리고 노인의 집 벨을 눌렀어요. 노인이 문을 열어주었어요. 내 얼굴이 눈물에 젖어 금속처럼 번쩍거렸겠지요. 난 그 집 안으로 깊숙이 들어갔어요. 더 이상 아무 일도 일어나지 않는 고독한 집으로요.

그날 난 노인의 북향 방에서 잤어요. 다음날도 다음날도, 당신이 나를 찾아 그 많은 계단을 오르내리며 골목을 헤집고 다니는 동안, 난 노인의 방에 숨어 있었어요. 노인은 당신의 움직임을 감지하고 있었어요. 이사를 하겠다고 했더니 우선 자기 집에서 쉬라고 했어요. 노인은 테이블보를 걷어 남향 창의 햇빛을 막아주고 장을 보러 갔어요. 노인은 그 주에 영어 과외는 쉬었어요. 그 주 내내 방문자는 아무도 없었어요.

노인은 채식주의자였고 매일 오전 아파트 옥상에 올라가 태극도 체조를 한 후에 일광욕을 했어요. 노인은 나의 햇빛 알레르기 증상을 가여워했어요. 끼니마다 야채 요리를 만들면서 햇빛과 채소의 아름다움과 선량함을 이야기했지요. 그리고 백과사전을 펼쳐들고 햇빛 부분을 찾아 이야기해주었어요.

"더 엄밀히 말하면 태양의 전자기 복사의 스펙트럼이에요. 지구가 태양과 수평에 있을 때 낮 동안 태양복사가 이루어져 대기에 걸러진 뒤 우리에게 닿는 거예요. 알레르기를 고치고 싶으면 먼저, 햇빛을 향해 마음을 열어요. 햇빛은 자율신경계를 안정시켜주고 뼈와 장기를 튼튼하게 해주며 기분을 즐겁게 해주어요. 햇빛 자체가 신성이지요. 이 세상 어디에 가든, 여름에 15분, 겨울에 45분, 맨얼굴로 챙 넓은 모자를 쓰고 일광욕을 하세요. 평온해지고 모든 일이 잘될 거예요. 우리는 식물로부터 충분히 영양을 공급받을 수 있어요. 식물은 광합성을 해서 태양광선을 화학에너지로 바꾸어 식물 체내에 저장했다가 인간의 몸속에 들어가면 태양에너지를 방출해 영양을 공급하는 거예요. 그것은 평화로운 에너지예요. 우리는 무엇에든지 너무 깊이 빠져들면 안 돼요. 심연은 우리의 영역이 아니에요."

노인은 당신과 나에 대해서는 한마디도 하지 않았어요. 다만 심연은 우리의 영역이 아니라고 말했어요. 그날 열쇠장수를 불러 현관문을 따고 이삿짐센터에 맡길 비상키와 중요한 물건을 챙기고 있을 때, 그만 당신과 마주쳤던 거예요. 오후 세시에 당신은 예기치 않게 출몰했지요. 내가 걸쇠를 걸어두고 문을 열어주지 않자 당신은 참지 못하고, 믿어지지 않는 힘으로 부엌의 방범 창틀을 흔들어 부수기 시작했어요. 방범 창틀이 거의 떨어지려 할 때, 경찰 패트롤카가 비상벨을 울리며 왔어요. 그리고 두 명의 경찰이 계단을 올라와 정확하게 당신 앞에 섰어요. 당신은 주민들이 모두 나왔을 정도로 떠들썩하게 저항하며 패트롤카에 실려 갔지요. 그리고 다음날, 난 그 동네를 떠나왔어요.

그날 신고한 사람은 내가 아니에요. 아마도 노인이 아닐까요? 혹은 두 여자인지도 모르겠어요. 어쩌면 맞은편 동에 사는 노파들일 수도 있고 내가 영원히 모를 또 다른 이웃일 수도 있겠지요.

내가 떠난 후 당신은 무사히 집으로 돌아갔어요. 지금도 이따금, 비가 내리거나 바람이 많이 부는 어느 날, 자정이 넘은 귀갓길에 당신은 택시 안에서 전화를 걸어요. 하지만 내 속의 어떤 목소리로도 당신의 음성을 받을 수가 없어요. 어쩌면 당신을 떠나온 후 예전 목소리를 잃었는지도 몰라요. 어쩌면 난, 그 후 입술의 반에 감각이 없어졌는지도 몰라요. 혀가 어떤 맛을 상실했는지 몰라요……

생각나요? 우리의 유리창 앞에 늙은 수양버들이 서 있었지요.

키가 크고 둥치가 굵고 긴긴 가지가 풍성했어요. 우수 무렵 그 나 뭇가지에 어리던 연둣빛 안개와 봄날 동안 주렴의 구슬처럼 총총 히 맺히던 그 많은 잎사귀들, 초여름부터 무성해져서 가닥가닥 서 로 뭉치거나 흩어지며 우리 창 앞에서 너울거렸지요. 바람이 많이 불면 가지들이 수평으로 들려 흡사 창 바깥으로 흘러 나가버릴 것 같이 물결쳤어요.

난 겨울의 메마른 줄기도 좋아했어요. 눈이 올 것처럼 흐리고 바 람이 마구 불던 어느 겨울 오후, 가느다랗고 긴 회초리가 허공을 마구 매질했지요. 이대로는 안 된다고, 몸부림치는 것 같았어요. 가지들이 한바탕 발작하듯 휘몰아치고 나면 내 마음이 다 후련했 어요. 다음날 아침, 봄눈을 세제 거품처럼 뒤집어쓰고 있던 모습도 잊을 수 없네요. 목욕 중인 순한 곰 여인 같았어요. 비눗물을 깨끗 이 씻고 나면 오랜 세월을 묵은 전설의 곰이 머리카락을 가지런히 빗고 고운 여자로 변신할 것 같았어요.

당신이 내게로 온 것은 그 나무 때문이라고 했어요. 당신은 정말 그렇게 말했어요. 그냥 뾰족한 이유가 없으니 하는 소리겠지 했는 데, 그 봄날, 이제 막 잎사귀가 돋기 시작한 수양버들이 창의 프레 임 속에서 사라졌을 때, 내 가슴이 쿵, 하고 내려앉았어요. 창을 왈 칵 열고 상체를 밖으로 쑥 내밀어봐도 나무는 어디에도 없었어요. 대신 이마에 부딪칠 듯 맞은편 동의 아파트 벽이 와락 달려들더군 요. 정말 세게 부딪친 것같이 멍했어요. 그날 모든 것이 달라졌다 는 것을 느꼈어요. 모든 일에는 배경이라는 것이 있으니까요. 배경이란 우리가 어떻게 할 수 없는 힘으로 우리에게 작용하는 거니까요.

　그 나무 한 그루가 그동안 맞은편 벽을 그렇게도 멀리 밀어놓았었다니, 그런 착시와 객관적 거리 사이에서 이따금 세상의 상처가 벌어지듯, 상처가 벌어지듯…… 사랑이 시작되는 게 아닐까요. 그 나무가 베어지지 않고 여전히 여신처럼 긴긴 머리카락을 바람 속에 휘날리고 있다면, 이별은 없었을까요? 모르겠어요. 우리의 이별엔 그 나무가 연루되어 있는 것 같아요. 당신의 말 때문이겠지요.
　당신의 말은 반쯤은 농담이고 반쯤은 흘려버리는 식이죠. 진심의 행방도 모호하고 책임 소재도 없는 불능의 어법. 당신은 엉터리예요. 문제는 처음에 내가 그것을 알아봤다는 거예요. 당신은 아도니스이고 협잡꾼이고 시정잡배이고 광인이고 배우이고 여우예요. 그런 줄 알면서도, 당신을 전혀 믿지 않으면서도 나는 당신이 거기 있는 것을 받아들였어요. 그런 묵인이 우리 사랑의 시작이었어요.
　나를 그렇게 하게 한 정체가 무엇일까요? 내 몸의 어떤 원소가, 내 마음의 어떤 불길이, 내 운명의 어떤 차가운 결함이 그 묵인을 자초했는지 이따금 생각해보지만, 지금은 모든 것이 타버려서 흰 재만 날려요. 그리고, 지금도 아침에 잠에서 깨서 멍하니 흰 천장을 올려다볼 때면 허언으로 점철된 당신의 말들이 미칠 듯이 그리워져요. 그리고 당신의 얼굴이나 눈, 당신의 마음 같은 게 아니라, 당신의 발, 뒤통수 등과 같이 마음으로부터 더 먼, 아무 표정도 짓지 않는 것들이 사무치도록 그리워진답니다.

　나는 오랫동안 심연과 표면 사이를 유랑했어요. 심연이 존재에 대한 끝없는 의심과 회의와 타오르는 갈망이라면 표면이란 우리 모두의 습관의 평면이겠지요. 우리는 다른 사람들처럼 생각해야 하고 습관을 꽉 붙들고 살아가야 하지만, 때로 급류에 배가 뒤집히듯 혼자만의 심연에 빠져버리는 것 역시 어쩔 수 없답니다. 무용한 고행이지만, 그것이야말로 단념하기 어려운 개인적인 고집이니까요. 이곳에 온 후로 하루하루가 다 같은 날 같았어요. 똑같이 외롭고 지루한 날들이었지요. 그런데도 당신의 전화를 받지 않고, 당신에게 전화하지도 않고, 당신 있는 곳에 찾아가지도 않는 것은, 내가 떠난 그 자리에 당신을 그대로 세워두기 위해서예요. 더는 멀지 않은 그곳에, 그대로요. 그리고 이제야 안답니다. 그 자리에 서 있었던 것은 당신이 아니라 다름 아닌 나인 것을.

　생의 뒷면을 보지 못하면서, 타인들처럼 생각할 줄도 모르는 나는 늘 이상한 일을 겪어왔어요. 예를 들면 노인의 부고가 온 일 같은 거. 부고가 어떻게 내게 왔는지 모르겠어요. 그곳을 떠나온 지 삼 년이나 흘렀잖아요. 노인은 대체 내 주소를 어떻게 알았을까요. 노인은 별세를 알리고 싶은 이들의 명단을 정리해두었던 것일까요. 그리고 노인이 죽은 후, 내게 부고를 보낸 사람은 누구일까요. 친구일까요, 자녀일까요. 그는 노인이 나의 유일한 이웃이었다는 사실을 아는 사람일까요.

　노인의 사인은 심장마비이고 사망 시간은 밤 열한시경, 장소는 집이라고 쓰여 있었어요. 부고장 말미에 호상이라고 적혀 있더군요. 슬하에 딸 하나가 있었어요. 발인 일시와 발인 장소와 장지, 그리고 나에게 부고를 보내주었을 친족대표와 우인대표의 이름을 훑고 연락처를 보고 있다가 노인의 이름으로 눈길이 갔어요. 그 위로 당신의 이름 석 자가 겹치더군요……

　어느 날, 세월이 흐른 뒤, 어느 날 말이에요. 당신이나 내가 세상과 작별했다면, 우리, 흘러다니는 소문으로 그 소식을 알리지 말아요. 예의를 갖춘 정식 부고를 주고받고 싶어요. 별세의 날이 다가올 즈음 비밀스러운 주소 하나를 누군가에게 맡기는, 그 정도 부탁은 가족에게 할 수 있지 않을까요…… 또다시 오랜 시간이 흘러간 뒤에 말이에요. 우리가 낙엽처럼 가벼워져서 한 걸음으로 훌쩍 공기 속으로 넘어가게 될 때요. 이것이, 내가 편지를 쓰고 있는 이유에요. 하지만 늘 그랬듯이, 이유는 중요하지 않아요. 편지는 내 절실함을 스스로 다독이는 부질없는 버릇일 뿐이니까요. 이 편지도 다른 편지들처럼, 수신자인 당신과는 무관하게 내 서랍 속에 수납되겠지요. 늘 그랬듯이, 이것이 마지막 편지가 되기를 바라요.

　아, 그리고 이제 햇빛 알레르기가 나았다는 소식을 전해요. 의사는 반신반의했지만, 난 그 신비로운 일을 믿어요. 이 몇 년 사이, 내 속의 모든 것이 하얗게 타버렸는데, 병인들 어떻게 남아 있겠어요. 어제는 이른 아침에 눈 덮인 산으로 갔어요. 흰 숲속에 사람들의 발자국이 낸 길이 바느질 자국처럼 좁다랗게 걸려 있었어요. 그 길을 딛고 올라가다가 잡목림 산 중턱에서 나무 둥치들 사이로 떠오르는 황금빛 해의 광휘를 만났어요. 공기 속으로 녹는 따스한 찻물처럼 숲을 적시는 광휘 속으로 한 발 한 발 들어가니 소나무와 갈참나무 둥치들 사이로 온전히 둥근 해가 불쑥 튀어나왔어요. 눈 안에, 입 안에, 머리카락 안에, 혈관 안에, 겨드랑이와 다리 사이에, 온몸 구석구석에 햇살이 스며들었어요. 얼굴 위에도요…… 아무도 모를 거예요, 긴 세월의 격리 뒤에 온 그 평범한 허용이 얼마나 사치스러운 것인지를…… 나무의 우듬지들도 온통 은은한 광휘로 물들었지요. 모세혈관 같은 잔가지들이 먼 뿌리의 눈물과 함께 해의 복사열을 빨아들이며 허공의 끝을 움켜쥐는 것 같았어요. 나의 말초혈관들과 신경들도 새 가지를 뻗을 것같이 꿈틀거렸어요.

햇빛 속에 얼마나 오래 있었는지 모르겠어요. 식물이 광합성하듯, 내 몸에서도 광합성이 일어나는 것 같았어요.

식물의 행복을 알 것 같았어요. 몸이 얼얼해져서야 산에서 내려왔는데, 내 눈길 닿는 곳곳마다, 흰 눈 위에 노란 쥐오줌 얼룩이 졌어요. 웬 산에 쥐오줌 얼룩이 이렇게 많은가, 하며 두리번거리다가 그것이 내 눈에 들어온 일출의 잔광인 것을 알아채고 실소를 했어요. 한번 나온 웃음은 혈관을 타고 온몸으로 번져나갔어요. 그사이 내 눈 속의 잔광은 송화가루 얼룩처럼 옅어졌지요. 하산 길은 날듯이 가벼웠어요. 기쁨이란 실은, 아무도 모를 노랑 얼룩같이, 자기 안을 가만히 비추는 것들이지요. 그러니, 우리 생의 기쁨이란 슬픔보다 더더욱 비밀스러운 것이 아닐까요?

프라자 호텔

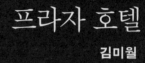

김미월

내가 서울에서 살기 시작한 것도 올해로 장장 십칠 년째가 된다. 내 나이의 절반 세월을 이곳에서 살았으니 고향이나 다름없다고 해야 할 텐데, 이상하게도 서울에서 나는 늘 이방인이다. 아직도 저녁 어스름에 길을 걷다 어느 담장 낮은 집 창문에 불이 켜져 있는 것을 보면 그냥 눈물이 난다. 저기 누군가 있구나. 나는 여기에 있고. 그런데 내가 왜 여기에 있지? 싱겁기 짝이 없게도 그런 생각이 드는 것이다.

서울의 거리를 걸어 다니는 것을 좋아한다. 종로에서 동대문까지, 대학로에서 신촌까지, 삼청동에서 성북동까지, 영등포에서 홍대까지, 그리고 시청에서 광화문까지. 17년 동안 참 많이도 걸어 다녔다. 그간 내 속에 차곡차곡 쌓였던 이야기들 중 하나가 바로 「프라자 호텔」이다. 이 소설을 쓰게 해준 오랜 벗 창숙에게 고마움을 전한다.

1977년 강릉에서 태어났다. 2004년 세계일보 신춘문예에 단편소설 「정원에 길을 묻다」가 당선되며 등단했다. 소설집 「서울 동굴 가이드」, 장편소설 「여덟 번째 방」이 있다.

목적지를 정하는 것은 아내의 몫이었다. 이번에는 프라자로 가자고 그녀가 말했다. 나는 즉각 컴퓨터의 전원을 켰다. 목적지에 예약을 하는 것은 나의 몫이었으므로.

아내가 처음 호텔 이야기를 꺼낸 것은 오 년 전이었다. 곧 다가올 여름휴가를 시내의 호텔에서 보내고 싶다는 말에 나는 코로 웃었다. 명색이 휴가 아닌가. 어디 괜찮은 휴양지의 리조트도 아니고, 매일 아침저녁 출퇴근하며 가로지르는 도심 한복판의 호텔에 가자니. 대체 거기 가서 뭘 하자는 말인가.

하지만 나는 결국 아내의 말을 따랐다. 생각해보니 코웃음 칠 일만은 아니었다. 집에서 낮잠이나 늘어지게 자고 그동안 못 본 프리미어리그 중계나 실컷 보는 것이 최상의 휴가라고 믿는 나로서는 사실 먼 휴양지보다 가까운 호텔에 다녀오는 게 훨씬 덜 귀찮은 일이었기 때문이다.

그렇게 시작된 우리 부부의 호텔 나들이. 어쩌다 보니 그것은 해마다 연례행사인 양 이어져왔다. 쉐라톤 워커힐, 소공동 롯데, 신라, 그랜드 하얏트, 밀레니엄 힐튼…… 아내는 한 번 간 호텔에는 다시 가지 않았다. 오히려 휴가 때마다 이번에는 어느 곳으로 갈지 고르는 과정을 즐겼다. 옆에서 보는 내가 혹시 그녀가 진짜로 원하는 것은 단순히 호텔에서 휴가를 보내는 것이 아니라, 무술 고수가 도장 깨러 다니듯 더 이상 정복할 곳이 없을 때까지 이 호텔 저 호텔 두루 투숙을 해보는 것이 아닐까 의아해할 정도였다.

객실 중에서 가장 낮은 등급에 속하는 슈페리어룸과 그보다 한 등급 높은 디럭스룸의 요금 차이는 4만 원이었다. 마우스 포인터가 자연스럽게 디럭스룸 예약 버튼 쪽으로 접근해갔다. 등 뒤에 서 있던 아내가 내 오른쪽 어깨에 손을 올렸다.

"근데 있지, 자기 좀 변한 거 알아?"

"내가 뭘?"

나는 모니터에서 눈을 떼지 않았다.

"옛날엔 늘 불평했었잖아. 호텔 같은 델 뭐 하러 가냐고."

일박에 32만 원. 세금과 봉사료를 포함하면 40만 원 가까이 지불해야 했다.

"기억 안 나? 세상에서 제일 아까운 게 호텔비라 그랬었잖아."

그랬었나. 그랬었던 것 같다. 호텔 시설이 어떠니 서비스가 저떠니 해봐야 결국은 잠자러 가는 거 아닌가. 잠자는 건 어디서 자나 똑같이 자는 것일 뿐인데 쓸데없이 거금을 들여야 한다는 사실을 그때는 납득하지 못했을 것이다.

"맞아. 그땐 그랬지."

나는 천천히 고개를 끄덕였다.

"진짜 아까운 건…… 호텔비 같은 게 아닌데."

그러자 문득 내가 아주 많이 늙어버린 것 같은 기분이 들었다.

스무 살 때는 세상에서 제일 아까운 것이 택시비라고 생각했다. 대학 진학을 위해 상경하기 전까지 택시 기본요금이면 읍내 어디든 다 가는 손바닥만한 고향 땅을 벗어나본 적이 없던 나는, 서울에서는 술 마시다가 버스가 끊겨 택시 타고 집에 갈 때 요금이 무려 이삼만 원씩 나올 수도 있다는 사실에 경악했다. 하여 택시비 아끼자고 버스 첫차가 다니는 새벽까지 술을 마시다보면 결국 술값이 택시비보다 더 많이 나왔다. 그래도 그건 안 아까웠다. 먹는 게 남는 거니까. 한편 취업 후 차를 직접 몰고 다니면서부터는 주차비가 그렇게 아까울 수가 없었다. 아무것도 하지 않고 차만 잠시 세워놓는 건데 돈을 내라니 도둑놈이 따로 없다고 느껴졌던 것이다. 예컨대 술을 마시면 술이 배 속에 남고 책을 읽으면 책이 머릿속에 남는다. 하지만 차를 잠시 세워두었다고 남는 건 전혀 없지 않은가. 그런 비논리적인 논리로 나는 술값 10만 원은 턱턱 내면서도 주차비 만 원에는 벌벌 떨었다.

그리고 이제 어느덧 삼십 대 중반. 지금 나에게 가장 아까운 것이 무엇인지 일부러 따져본 적은 없다. 하지만 택시비는 분명 아니었다. 주차비도 아니고 호텔비도 아니었다. 그렇다면 무엇일까.

"여긴 사실 월드컵 때 갔어야 하는데."

무슨 소리인가 싶어 아내를 빤히 쳐다보았다.

"그럼 시청 앞을 가득 메운 붉은 악마를 한눈에 내려다볼 수 있었을 텐데."

시청 앞이라니. 잠깐. 호텔 이름이 뭐였지. 다시 모니터로 눈을 돌렸다. 그랬다. 예약을 하면서도 미처 깨닫지 못했는데 이번 휴가의 목적지는 그곳이었다. 시청 부근을 지날 때면 누구나 한번쯤 올려다보게 되는, 차도 건너 서울광장을 호위하듯 늠름하게 서 있는, 서울 프라자 호텔. 나는 마른코를 들이마셨다. 갑자기 매서운 겨울바람이 코끝을 스치는 것 같았다. 차고 맑은 대기 속으로 흩어지던 구세군 냄비 종소리가 귓가에 선했다.

선배들은 어이가 없다는 표정이었다. 입학식도 아니고 예비소집일에 정장을 입고 온 신입생이 셋이나 되었기 때문이다. 셋의 공통점은 모두 지방에서 올라온 유학생이라는 것. 처음부터 촌놈 티를 냈다는 사실이 부끄러웠지만 나는 그래도 내 양복이 가장 비싸리라는 확신으로 어깨를 폈다. 대입 합격자 발표 날 아버지가 읍내에 하나뿐인 양장점에서 맞춰준 정장은 조끼를 빼고도 가격이 30만 원이나 했던 것이다. 그러나 선배들의 관심을 끈 것은 다른 녀석의 양복이었다.

"아르마니구나. 진품 같은데?"

"그럼 얼마야, 이백?"

이백이라니. 두보 친구 이백은 아닐 테고.

"아뇨. 백만 원 조금 넘어요."

녀석의 대답을 듣고서야 나는 그게 가격을 말한 것이었음을 알아차렸다. 세상에 그렇게 비싼 옷이 있다니. 그런 옷을 사 입는 인간이 있고 그걸 또 알아보는 인간이 있다니. 기가 죽었다기보다 기가 막혔다. 그러나 지방 유지의 아들이라는 녀석에게 보인 선배들의 반응은 뜻밖에도 냉랭했다. 이 캄캄한 절망의 시대에 명품이라니 창피한 줄 알라며 대놓고 비난하는 선배도 있었다. 캄캄한 절망의 시대가 뭔지 명품이 뭔지는 몰라도 어쨌거나 대학생이 된 후 나의 첫 깨달음은 그거였다.

아, 서울은 정말 놀라운 곳이구나.

놀라운 것은 그뿐이 아니었다. 대학에는 담임선생도 없고 정해진 시간표도 따로 없다는 것 또한 그랬다. 신입생들은 전산실에 우르르 몰려가 각기 수강 신청을 했다. 내가 듣는 수업을 내가 고른다는 이 난생처음 획득한 권리를 최대한 행사하고자 나는 느긋하게 강의 목적과 커리큘럼을 비교해가며 어떤 수업이 흥미로울까 저울질했다. 그런데 어느 순간 주위를 돌아보니 전산실에 남은 신입생이 셋밖에 없었다. 셋 다 양복을 입고 있었다. 알고 보니 수강 신청이라는 것이 빨리하지 않으면 금세 정원이 차서, 다들 후닥닥 끝내고 밥 먹으러 간 것이었다. 결국 우리 양복쟁이들은 아무 수업이나 닥치는 대로 신청해서 간신히 19학점을 채웠다. 신입생 수가 30명이고 수업 정원도 30명인데 왜 빨리 신청하지 않으면 자리가 모자라 수강이 불가능한지 납득할 수 없었지만, 철학입문이라든가 문학개론 등 뭔가 지적으로 느껴지는 과목명들을 보고 있자니 스스로 지성인이 된 것 같아 금세 우쭐해졌다.

학생식당에서는 먼저 도착한 신입생들이 탁자 여러 개를 하나로 길게 이어붙이고 마주 앉아 밥을 먹고 있었다. 나도 끄트머리에 끼어 앉았다. 앉고 보니 옆에도 여자, 앞에도 여자였다. 학생 전원 남자, 교사도 전원 남자인 중고교를 다녔던 나는 지난 육 년간 여자와 반경 1미터 이내의 거리에 있어본 적이 한 번도 없었다. 고개도 못 들고 국이 짠지 밥이 진지도 모르는 채, 아무도 아무 말 하지 않아 젓가락 부딪치는 소리만 탁자 위를 떠도는 가운데 내 젓가락 소리를 슬며시 보탰다. 그때 앞자리 여자애가 말했다.

"얘들아, 콩나물 먹지 마. 쉬었어."

나는 마침 콩나물 무침을 젓가락 가득 집어 입에 우겨넣던 참이었다. 그녀와 나의 눈이 마주쳤다. 순간 무슨 말이든 해야겠다는 생각이 들었다.

"어, 난 잘 모르겠는데."

주장을 뒷받침하려는 건 아니었는데 나도 모르게 입에 든 것을 꿀꺽 삼켰다. 곧이어 사방에서 어쩐지 맛이 이상했다느니, 쉰 거 처음부터 알았다느니, 한 입 먹고 뱉었다느니 하는 소리들이 들려왔다. 젠장.

"너 콩나물 처음 먹니?"

말투는 새치름했지만 그녀는 웃고 있었다. 갑자기 젓가락을 쥔 손의 힘이 풀렸다. 여자가 웃는 얼굴을 그렇게 가까이에서 본 것은 처음이었다. 그녀는 얼굴이 조막만했다. 피부는 희고 눈동자는 새카맣고 입술은 붉었다. 한마디로 백설공주 같았다. 이렇게 예쁜 여자가 내 앞에 앉아 있었다니. 예비소집일에 양복 입고 온 촌놈에다 수강 신청도 엉망으로 한 얼뜨기에다 콩나물 쉰 것도 구분 못하는 병신에게 웃어주는 윤서를, 나는 그렇게 만났다.

재수를 했다는 그녀는 스물한 살이었다. 생일이 빨라 일곱 살 때 초등학교에 입학한 나는 열아홉. 그런데도 그녀는 학번이 같으니 말을 놓자고 했다. 윤서야. 윤서야. 그녀의 이름을 부를 때마다 나는 거스름돈을 더 받은 것처럼 소박한 횡재를 한 기분이었다. 하지만 횡재란 게 원래 그렇듯 기회가 흔치 않았다. 윤서는 툭하면 수업에 빠졌다. 찾아보면 과방이나 학교 앞 술집에 죽치고 앉아 있기 일쑤였다. 주위에는 늘 재수해서 입학한 스물한 살짜리 남학생들이 어슬렁거리고 있었다. 현역 동기들을 은근히 애 취급하며 저희만 어른인 척 폼을 잡던 그들 때문에 나는 윤서에게 다가가기가 쉽지 않았다.

새끼들. 재수 없게, 재수한 게 뭔 자랑이라고.

정작 그들 앞에서는 말도 못 꺼낼 거면서 나는 애꿎은 길가의 돌멩이만 찼다.

언제 갔는지도 모르게 정신없이 봄날이 갔다. 이 서클 저 서클 기웃거리던 나는 아무 곳에도 들어가지 않았고, 아무 곳에도 관심

없을 줄 알았던 윤서는 교내 방송국 PD가 되었다. 교정에서 우연히 방송을 듣게 되면 나는 잠시 그 자리에 서서 눈을 감아보곤 했다. 그녀의 목소리가 나오는 것은 아니지만, 아나운서가 읽는 원고를 윤서가 썼다고 생각하면 스피커에서 흘러나오는 문장들 뒤에 그녀의 얼굴이 떠다니는 듯했던 것이다. 그렇게 어쩌다 한번 들어놓고 윤서만 보면 방송 좋았네 멘트가 신선했네 선곡이 탁월했네 떠들어댔으니 열혈 청취자로 보였을 내게 그녀가 출연을 제의한 것도 무리는 아니었다.

"방송에? 내가 어, 어떻게?"

"딱 십 분만. 녹음 방송이니까 부담 가질 거 없어. 부탁할게."

이번 개편 때 학우들에게 좀더 친근하게 다가가기 위해 일주일에 한 번씩 학우와의 대담 코너를 기획했다는 것이었다. 누구 부탁인데 거절하겠는가. 나는 당장 그날부터 매일 한 개씩 날계란을 먹었다. 신청곡은 김건모의 「잘못된 만남」과 룰라의 「날개 잃은 천사」와 R.ef의 「이별 공식」 중 어느 것으로 할지 고민도 했다. 녹음 당일에는 약속 시간보다 이십 분이나 먼저 가는 성의도 보였다.

그러나 내가 출연했던 부분은 통째로 편집되어서 단 일 초도 방송되지 않았다. 이해했다. 소풍 가는 기분으로 간 곳에서 세계무역기구 WTO 출범이니 재벌가의 변칙 세습이니 학원 자유화니, 말하자면 캄캄한 절망의 시대에 대한 질문을 받고 쩔쩔매던 나는 누가 봐도 저능아 같았을 테니까. 심지어 교수 뺨치게 늙어 보이던 국장이라는 자는 깨진 그릇 보듯 딱한 표정으로 나를 향해 혀까지

찼다. 그날 내 신청곡 대신 선곡된 것은 노찾사의 「마른 잎 다시
살아나」라는 노래였다.

　말이 돼? 마른 잎이 어떻게 다시 살아나? 예수야?

　방송을 들으면서 나는 또 길가의 돌멩이를 찼다.

　이튿날 대담 내용을 미리 알려주지 못한 것에 대해 사과하러 온
윤서에게 데이트 약속을 얻어냈으니, 사실 불발로 그친 방송 건은
결과적으로 내게 박씨 물고 온 제비와도 같았다. 우리는 명동에서
돈가스를 먹고 맥주를 한 잔씩 마신 후 좀 걷기로 했다. 복잡하게
얽힌 명동의 골목들을 윤서는 요리조리 잘도 빠져나갔다. 겟 유즈
드, 닉스, 보이 런던 등 유명 메이커 상점들이 즐비한 거리는 보는
것만으로도 눈이 즐거웠다. 초고층 빌딩, 화려한 쇼윈도, 삼삼오
오 몰려다니는 젊은 남녀들. 내게는 내딛는 걸음걸음이 다 신세계
였다. 고향에서라면 십 분 전이나 십 분 후나 걷고 있는 길의 풍경
이 똑같을 텐데, 이곳은 일 분마다 바뀌지 않는가. 을지로입구역
을 지났다. 시청 쪽으로 계속 걸었다. 그 어디에도 아는 얼굴이 전
혀 없다는 것 역시 신기한 일이었다.

　아, 서울은 정말 놀라운 곳이구나.

　나는 속으로 다시금 부르짖었다. 그리고 무엇보다 지금 이 시간
이 세계가 온전히 윤서와 나 둘만의 것이라는 데 흥분하여 쉴 새
없이 짤고 까불었다. 중학교 때는 반공 웅변대회에 나갔다 하면 일
등이었다는 둥, 고등학교 때는 야영 가서 손으로 뱀을 잡았다는 둥,
엿으로도 못 바꿀 변변찮은 전력들을 그녀는 웃으며 들어주었다.

그러나 속으로는 딴생각을 하고 있었는지 내 말이 끝나자 뜬금없는 소리를 했다.

"난 옛날부터 저기에 꼭 한번 가보고 싶었어."

"저기라니, 어디?"

딴소리가 서운한 와중에도 호기심이 동했다. 윤서가 시청 앞 교차로의 분수대 건너 손끝으로 가리킨 곳에는 고층 빌딩이 서 있었다. 꼭대기 좌측에 부착된 문자 간판이 조명을 받아 황금빛으로 번쩍였다. SEOUL PLAZA HOTEL.

방은 16층 복도의 왼쪽 끝에 있었다. 문을 열자 전면의 통유리창이 먼저 눈에 들어왔다. 유리에 틴팅이 되어 있는 것인지 아니면 밖에 비가 오고 있어서인지, 하늘이 세피아 모드로 촬영한 사진처럼 비현실적인 보랏빛을 띠고 있었다. 아내가 슬리퍼를 갈아 신기도 전에 창 앞으로 가더니 탄성을 질렀다.

"어머, 여기서 덕수궁도 보여!"

그녀가 덕수궁을 보고 있는 동안 나는 방 안을 둘러보았다. 대충 봐도 구조며 가구며 집기들이 이제껏 가본 다른 호텔들의 경우와 다를 것이 없었다. 침대에 걸터앉았다. 맞은편 화장대의 거울 속에 휴가 첫날을 맞은 직장인의 얼굴이 비쳤다. 이곳에서 보낼 2박 3일이 최근 시간에 쫓겨 보다 만 「프리즌 브레이크」 시리즈를 마저 보는 것보다 결코 흥미롭지도 가치 있지도 않으리라는 것을 잘 안다는 듯한 얼굴이었다.

그도 그럴 것이 호텔에서 보낸 휴가들이란 항상 뻔했다. 체크인을 한다. 짐을 풀고 쉰다. 호텔 레스토랑에서 저녁을 먹는다. 스카이라운지 바에서 술을 마신다. 방으로 돌아와 샤워를 하고 섹스를 한다. 텔레비전을 보다가 잔다. 그게 다였다. 이튿날도 방을 나가봐야 스파를 하고 피트니스 클럽이나 수영장에 들르는 게 고작이었다. 그러니 내게는 특별히 기억에 남는 휴가랄 게 없었다. 호텔도 작년에 간 곳이나 재작년에 간 곳이나 냉장고 속의 달걀들처럼 다 그게 그거 같기만 했다.

　매트리스는 탄성이 좋았다. 시트는 보송보송했고 햇볕에 바싹 마른 수건 냄새를 풍겼다. 나는 아예 드러누웠다. 에어컨 바람에 적당히 차가워진 공기가 얼굴이며 팔뚝 위로 기분 좋게 내려앉았다. 눈을 감았다. 완벽한 온도, 완벽한 습도, 완벽한 청결 상태, 완벽한 서비스, 완벽하게 대접받는다는 느낌. 호텔을 계속 찾게 되는 것은 바로 그 완벽의 느낌이 좋아서 아닐까. 돈을 주고 완벽을 산다니 그거야말로 자본주의의 축복이 아닌가.

　아내가 화장대 위에 소지품을 늘어놓았다. 하룻밤 짧은 나들이를 갈 때도 보부상처럼 짐을 한 보따리씩 꾸리곤 하던 그녀답지 않게 이번에는 챙겨온 화장품들이 제법 단출해 보였다. 결혼하고 나서 내가 가장 놀랐던 것 중의 하나가 여자 화장품의 가짓수였다. 그게 그토록 다양하게 세분화되어 있을 줄은 몰랐다. 스킨과 로션과 크림. 거기까지는 나도 알고 있었다. 에센스니 세럼이니 하는 것들도 이해할 수 있었다. 그러나 그것이 다가 아니었다. 아이 크

림, 넥 크림, 핸드 크림, 풋 크림, 바디 크림, 립 크림 등등 무한 증
식하는 화장품의 종(種) 앞에서 인체는 낱낱이 분절되고 해체되었
다. 넥이나 핸드나 풋이나 다 바디의 일부인데, 그렇게 구분해놓
으니 풋 크림을 넥에 바르면 큰일이라도 날 것 같지 않은가. 그것
들이 기초 화장품이고 색조 화장품이 또 따로 있다는 얘기를 들었
을 때는 더 이상 알고 싶지도 않아 손을 내저어야 했다.

살림살이도 마찬가지였다. 가습기에 에어컨에 히터에 공기청정
기, 정수기, 보풀 제거기, 음식물쓰레기 건조기에 식기세척기에 비
데에 칫솔 살균기까지, 필요한 것들은 점점 늘기만 했다. 없이 살
아도 되었던 것들이 언젠가부터 있으면 좋거나 꼭 있어야만 하는
것들로 바뀌었다. 앞으로는 점점 더 그렇게 될 것이었다. 그러니
잠시나마 그런 것들로부터 떨어져 있을 수 있다는 점에서라면 호
텔에 온 것도 휴가는 휴가였다.

다시 눈을 뜬 것은 사방이 너무 고요해서였다. 아내의 뒷모습이
보였다. 화장대 정리를 끝냈는지 그녀는 팔짱을 낀 채 다시 창밖
을 보고 있었다.

"뭘 그렇게 보고 있는 거야?"

"노무현."

"뭐?"

나는 몸을 일으켰다. 아내는 덕수궁 대한문 쪽을 내려다보고 있
었다.

"노무현 생각하고 있었어. 저기 분향소가 있었잖아."

불과 몇 달 전의 일이었다. 아침부터 노무현 대통령 서거 소식이 온오프라인 세상을 완전히 장악했던 그날, 아내는 저녁 늦게까지 집에 들어오지 않았다. 종일 통화도 되지 않았다. 내가 아내를 본 것은 텔레비전 9시 뉴스에서였다. 그녀는 덕수궁 담장을 따라 길게 늘어선 조문 행렬 속에 흰 국화꽃을 들고 서 있었다. 클로즈업 화면 속에서 눈에 눈물을 그렁그렁 매단 그녀는 어쩐지 슬프다기보다 고단해 보였다. 나중에 듣자 하니 조문을 위해 꼬박 다섯 시간 줄을 서 있었다던가. 고단하기도 했을 것이다.

바지 주머니에서 담배를 꺼냈다. 라이터가 손에 잡히지 않았다. 아까 집에서 나올 때 분명히 챙겼던 것 같은데. 옷 말고 가방에 넣었던가.

"혹시 내 라이터 어디 있는지 알아?"

아내는 내게 눈을 한번 흘기더니 구석에 치워놓았던 짐 가방들을 뒤지기 시작했다. 창밖으로 펼쳐진 지상 16층 높이의 하늘은 여전히 보랏빛이었다. 까마득한 저 아래 발밑의 인도에서 색색의 우산들이 만났다가 헤어졌다. 의외로 검은색 계통의 우산이 제일 많았다. 빗줄기가 수그러들고 있는 것일까. 서울광장 입구에 우산 없이 서성이는 한 떼의 사람들이 눈에 띄었다. 그들은 일부러 맞춘 듯 모두 검은 옷을 입고 있었다.

"못 찾겠어. 프런트 데스크에 성냥 좀 갖다달라고 할까?"

"어, 그래. 그러면 되겠네."

아내는 전화기로 다가갔다. 그녀의 어깨 너머 시청에서부터 광

화문 방향으로 길게 뻗은 태평로가 건너다 보였다. 익숙한 건물,
낮익은 거리, 눈 감고도 떠올릴 수 있는 풍경들. 나는 가방에서 우
산을 꺼내 들었다.

"아냐. 내가 나가서 사올게. 바람도 좀 쐴 겸."

아내가 수화기를 내려놓으며 반색을 했다.

"잘됐다. 그럼 들어올 때 아이스 아메리카노 한 잔만 사다줘."

협탁 위 디지털시계의 숫자가 17시 14분에서 17시 15분으로 막
넘어가고 있었다.

호텔 앞 횡단보도. 그 한가운데 미처 신호를 받지 못한 대형버스
한 대가 엉거주춤 정차해 있었다. 승객들이 다들 차창에 머리를 기
대고 졸고 있는 것이 보였다. 언제부터였을까, 세상 사람들이 항
상 피곤해 보인다고 느끼게 된 것은. 왜일까. 우산을 폈다. 빗줄기
가 제법 가늘어져 있었으나 맨머리로 다닐 정도는 아니었다. 덕수
궁 옆 건물들과 을지로 방향 쪽 건물들을 살폈다. 평소에는 발에
차이던 그 많은 편의점들이 하나도 보이지 않았다. 호텔 뒤편으로
가보는 게 낫겠다 싶었다. 걸음을 옮기면서 나는 피곤한 승객들로
가득한 버스를 무심히 곁눈질했다. 그 뒤에 시청 건물이 있고 지
하철역이 있고…… 교차로가 있고 분수대가 있고…… 그 어딘가
에 윤서와 내가 있을 것 같았다.

첫 데이트 후 우리는 한 차례 더 둘만의 시간을 보냈다. 때는 5월.
광주민주화운동의 진상 규명을 요구하는 시위에서였다. 평소 내

게 잘해주던 학생회 형이 하도 권해서 마지못해 참여한 자리였다. 사람들에 섞여 학교 정문을 나설 때까지는 뭐 그러려니 했다. 그러나 명동에 도착하자 입이 딱 벌어졌다. 서울 시내 대학생이 다 모인 듯 규모가 어마어마했던 것이다. 도중에 눈치껏 빠져나오려 했지만 스크럼이 빡빡하여 그것도 쉽지 않았다. 몇 번의 시도 끝에 가까스로 대열을 이탈했다. 시위대를 구경하는 시민들로 붐비는 인도에 발을 디뎠을 때였다. 별안간 등 뒤에서 거대한 함성이 일었다. 귀가 얼얼할 정도였다. 방금 전까지 앉아 있던 차도로 고개를 돌렸다. 까마득히 먼 대열의 선두에 짚으로 만든 실물 크기의 전두환 인형이 등장해 있었다. 살인마의 화형식을 거행하겠다고 누군가 외쳤다. 등줄기에 식은땀이 흘렀다. 구경하던 시민들이 더 잘 보려고 앞다투어 발돋움을 했다.

나는 인파를 헤치며 지하철역으로 향했다. 땀범벅이 된 몸을 어서 씻고 싶다는 생각뿐이었다. 그리고 대열의 후미에 이르렀을 때 낯익은 얼굴을 발견했다. 교수라 해도 믿을 듯 늙어 보이는 방송국 국장. 카메라를 든 남학생 둘. 그들 옆에 서 있는 여학생 하나.

"윤서야! 이윤서!"

그녀가 나를 돌아보고, 최루탄이 터지고, 전경들이 밀어닥치고, 스크럼이 무너지고, 비명이 난무했다. 어느 것이 먼저였는지는 모르겠다. 정신을 차리고 보니 나는 윤서의 손을 잡고 미친 듯 달리고 있었다. 다리가 풀려 더는 꼼짝할 수 없어 멈춘 곳은 헌혈의 집 앞. 거친 숨을 몰아쉬며 무턱대고 안으로 들어갔다. 어서 오세요.

환영합니다. 간호사가 상냥하게 웃으며 우리를 맞았다. 실내는 아늑하고 평화로웠다. 바깥과 완전히 다른 세상. 서울은 과연 놀라운 곳이었다.

우리는 둘 다 헌혈 불가 판정을 받았다. 하기야 죽을힘을 다해 뛴 직후니 혈압이 정상으로 나올 리가 없었다. 윤서의 혈액형은 A형이었다. 나는 O형. A형 여자와 O형 남자 궁합이 그렇게 좋다던데. 생각만으로도 얼굴이 훅 달아올랐다. 윤서는 말이 없었다. 핏방울이 맺힌 검지 끝을 알코올 솜으로 문지르기만 했다. 한참을 그러더니 불쑥 물었다.

"우리도 나중에 더 나이 들면, 아까 그 시민들처럼 될까?"

"무슨 소리야? 시민들이 뭘 어쨌는데?"

"나도 왕년에 철없던 시절 데모 좀 했지, 하면서 느긋하게 구경만 하게 될까?"

"설마. 그런 식으로 생각하는 사람 없을 거야."

"내가 아까 들었어. 어떤 아저씨가 그러더라. 철없는 학생들이 뭘 안다고, 어차피 졸업하고 사회 나가면 다 잊을 거면서 왜 자꾸 데모질이냐고. 그래봐야 차만 막히지 세상은 안 바뀐다고."

그건 내 아버지가 늘 하던 주장이기도 했다. 윤서는 착잡한 얼굴로 피 묻은 솜을 쓰레기통에 버렸다. 탁자에 놓인 초코파이의 포장지를 뜯으며 이번에는 내가 물었다.

"전두환 말이야, 진짜로 죽일 수 있을까?"

"진짜로 못 죽이니까 짚 인형을 태우는 거잖아."

"그러니까 내 말은, 만약 진짜로 죽일 수 있다면, 넌 어떡할 거야?"

"난…… 못해. 사람을 어떻게 죽여?"

"맞아. 사람을 어떻게 죽이겠어."

"……"

윤서도 초코파이를 집었다. 헌혈도 안하는 주제에 간식이나 축내면서 위험천만한 내용의 담소를 주고받는 두 대학생을 간호사들은 내쫓지 않았다.

그날도 우리는 시청역까지 걸었다. 한국은행 앞을 지날 때 윤서는 오늘 처음 만난 사람인 양 내게 서울 생활은 할 만하냐고 물었다. 그러고 보니 서울살이 어느새 석 달째였다. 어린 시절 조용필의 「서울 서울 서울」이나 이용의 「우리의 서울」 노래를 들으면서 품었던 환상 속의 서울과는 좀 달랐지만 그래도 나쁘지는 않았다. 윤서는 서울이 고향이라고 했다.

"난 여기가 싫어. 사람도 너무 많고 너무 시끄러워. 거리에는 똑같이 생긴 아파트들밖에 없고 공기는 탁하고. 밤에도 너무 밝아 잠을 잘 수가 없어."

사람이 많고 시끄러워서 나는 오히려 좋았다. 나까지 덩달아 흥이 났으니까. 서울은 어디를 가도 똑같은 곳이 한 군데도 없고 마음만 먹으면 1년 365일 데이트 코스를 365가지로 짤 수도 있었다. 밤에도 밝으니 혼자 있어도 덜 외로운 것처럼 느껴졌다. 하지만 굳이 윤서에게 반대 의견을 내놓을 필요는 없었다. 아니, 윤서에게

라면 무엇이든 그녀 뜻대로 설득당해도 좋았다. 저만치 프라자 호텔 빌딩의 측면이 보였다.

"너 그때 저긴 왜 가고 싶다고 했어?"

윤서의 표정은 진지했다.

"예컨대, 내가 이십 년 전 부모에게 버림받고 외국으로 입양된 고아인데……"

"니가? 진짜?"

"아이 참, 예를 들어서 말이야."

그녀의 목소리는 나직했다. 조금 전에 우리가 최루탄 연기 가득한 명동 거리를 뛰어다녔던 것이 아주 오래된 일처럼 느껴졌다. 하늘에는 별도 없고 땅에는 꽃도 없었지만 나는 그녀와 함께 걷는 이 밤길이 영영 끝나지 않았으면 좋겠다고 생각했다.

"스무 살이 되고 나서 처음으로 고국을 찾았어. 친부모를 만나러 온 거지. 그래서 프라자 호텔에 묵어. 서울 한복판에 있으니까 상징적이잖아. 시청 바로 앞이기도 하고 포인트제로도 가깝고. 아무튼 그래서 부모님을 만나기로 한 전날 밤, 호텔에서 고국의 수도 야경을 내려다보며 상념에 잠기는 거야."

윤서는 말끝에 하늘을 쳐다보았다.

"그런데? 그게 끝이야?"

"응. 그게 어떤 심정일지 궁금해서 가보고 싶었어."

"하지만 예를 든 거라며. 넌 입양인이 아니잖아."

"그런 상황에서 바라보는 서울은 굉장히 낯설고 새롭겠지. 내가 한 번도 본 적 없는 곳 같을 거야. 이십 년간 부대끼며 살아온 익숙한 고향 땅이 아니라 난생처음 보는 어떤 매혹적인 이방의 땅. 하지만 나를 버린 비정한 도시. 그걸 보고 싶은 거야."

나는 걸음을 늦추었다. 뭔가 도움이 되어주고 싶었다. 그녀의 소망을 이루어주고 싶었다. 프라자 호텔에서 하룻밤 묵는 비용은 얼마나 될까. 까짓것, 비싸봤자지. 돈이야 모으면 될 것이다. 나는 목청을 가다듬었다.

"너 크리스마스 때 뭐 할 거야?"

그녀는 큰 소리로 깔깔거렸다. 크리스마스까지는 무려 칠 개월이나 남아 있었으니까. 나는 웃지 않았다. 천천히 주먹을 쥐었다 펴보았다. 손바닥이 땀으로 척척했다.

"별일 없으면…… 그날 나랑 만날래?"

나로서는 일생일대의 용기를 낸 것이었다. 흡사 청혼을 하는 것 같은 기분이었달까. 윤서의 대답을 기다리는 그 몇 초의 시간이 끔찍하게 길게 느껴졌다.

"좋아. 그러자."

그녀는 환하게 웃었다. 학생식당에서 처음 만났을 때 그랬듯이. 터져 나오는 기쁨의 외침을 참으려 나는 이를 꽉 물었다. 발부리에 걸리는 돌멩이를 찼다. 그것은 아주 멀리까지 날아갔다.

일회용 라이터 가격은 한 개에 삼백 원. 정말 오랜만에 사보는 것이었다. 요새도 삼백 원으로 살 수 있는 게 있다니. 껌도 한 통에 오백 원씩 하는데. 투명한 초록색 라이터를 새삼스럽게 내려다보았다. 그럼 옛날에 대학 다닐 때는 백 원쯤 했었다는 얘긴가. 그래도 그때는 세상에서 제일 아까운 게 어쩔 수 없이 사게 되는 라이터 값이었을 것이다. 당구장이며 술집을 뻔질나게 드나들던 시절이라 그곳에서 하나씩 집어온 색색의 일회용 라이터가 책상 서랍에 삼십 개쯤 들어 있을 때도 있었으니까.

다시 호텔 앞으로 돌아왔다. 이제는 아이스커피를 살 차례였다. 아내는 상표를 가리지 않았지만 커피빈의 아메리카노를 제일 좋아했다. 언젠가 서울 파이낸스 센터 근처에서 커피빈 매장을 보았던 것이 떠올랐다. 나는 빨간불이 켜진 신호등 아래에 섰다.

횡단보도 맞은편 서울광장 입구에 검은 옷을 입은 사람들이 우산도 없이 서 있는 것이 눈에 띄었다. 가만히 보니 아까 호텔 방에서 창문으로 잠깐 내려다보았던 그 사람들 같았다. 엉성하게 줄을 맞춘 대열의 맨 앞에는 여자들이 서 있었다. 그녀들이 입은 것은 상복이었다. 그녀들의 왼쪽에 선 것은 야당 정치인인지 시민운동가인지 어디서 많이 본 듯한 얼굴의 사내. 그리고 그들 뒤에는 흰 수염이 덥수룩한 노인이 사제복을 입고 지팡이에 몸을 의지한 채 서 있었다. 노인이 펼쳐 든 현수막의 문구가 빗속에서도 선명했다.

대통령은 유족 앞에 사과하고, 용산 참사 해결하라!

용산 참사라니, 새해 벽두에 있었던 그 일이 여태까지 해결 안 되었단 말인가. 철거민이 다섯인가 여섯인가 하여튼 여러 명 사망한 그 사건을 기억하는 것은 공교롭게도 내가 그날 저녁 아내와 함께 사고 현장을 지나갔기 때문이었다. 아내의 친정이 있는 이촌동에 가는 길이었다. 경찰 버스와 무장 전경들과 취재진들이 진을 치고 있던 신용산역 일대는 차가 몹시 막혔다. 아내는 승용차 안에서 어떡해 어떡해를 연발했다. 그게 용산 참사를 어떡하느냐는 것인지 차가 막혀서 어떡하느냐는 것인지는 알 수 없었다. 그날 우리는 예정보다 한 시간이나 늦게 목적지에 도착했다.

멀리 시청사 외벽의 대형시계가 5시 30분을 가리켰다. 상복 여자들이 난데없이 땅바닥에 엎드렸다. 정치인으로 보이는 사내와 흰 수염 사제와 예닐곱 명의 시민들이 옆에서 뒤에서 함께 발을 내딛었다. 세 걸음 걷고 한 번 절하고. 다시 세 걸음 걷고 한 번 절하고. 그들은 삼보일배를 하고 있는 것이었다.

신호등에 파란불이 들어왔다. 순간적으로 하늘이 요동을 치는가 싶더니 폭우가 쏟아졌다. 곧바로 돌풍이 휘몰아쳤다. 나는 횡단보도를 건너다 말고 서서 마구 뒤집히는 우산을 간신히 바로잡았다. 광포한 빗줄기에 가려 눈앞이 잘 보이지 않았다. 누군가 상복 여자들에게 우비를 건넸다. 여자들은 그것을 받지 않았다. 폭우 속에서 우비도 우산도 없이 그들은 세 걸음 걷고 한 번 절하며 광장을 돌았다. 함께 행하는 이도 몇 안 되지만 구경하는 이도 몇 없는 초라한 풍경이었다. 나는 횡단보도 중간쯤에서 그만 되돌아섰다. 이 비를 뚫고 다녀오기에 커피빈은 너무 멀었다. 그리고 아내는 커피 선택에 까다롭지 않으니 덕수궁 옆 던킨의 아메리카노도 좋아할 것이었다.

흠뻑 젖은 소매와 바짓단에서 물이 뚝뚝 떨어졌다. 눈치 빠른 도어맨이 마른 수건을 건네주며 웃음을 지었다.

"곤니찌와."

일본인 아니라고 해명하기 귀찮아서 나도 수건을 돌려주며 응수했다.

"아리가또 고자이마쓰."

휴가철에, 한국인 남성이, 서울 한복판의 호텔에서, 설마 휴가를 보내고 있으리라고는 생각하지 못할 터였다. 업무상 지방에서 서울로 출장을 온 한국인으로 볼 수도 있겠지만 야자수 무늬가 그려진 하늘색 셔츠에 반바지에 가죽 샌들을 걸친 내 모습은 열에 아홉 일본인 관광객으로 오해하기 쉬웠다.

호텔 로비에 들어서자 내 집에 온 듯한 안락함이 나를 감쌌다. 악 소리가 나올 만큼 덥고 습한 바깥과 달리 이곳은 앗 소리가 나올 만큼 서늘하고 쾌적했다. 엘리베이터 문이 닫혔다. 혼자가 되자 나는 일없이 길게 한숨을 내쉬었다. 손에 아이스커피가 들려 있지 않음을 깨달은 것은 16층에 막 내렸을 때였다. 로비에서 수건으로 몸의 물기를 닦는 동안 컵을 잠시 내려놓았다가 깜빡 잊고 안 들고 온 것이었다. 다시 엘리베이터를 향해 돌아섰다. 이미 늦었다. 15, 14, 13…… 운행 층을 알리는 숫자 버튼 판에 내림차순으로 불이 켜졌다. 나는 주위를 흘깃거렸다. 복도에는 아무도 없었다. 언젠가 텔레비전 주말의 명화에서 본 외국 영화의 한 장면이 떠올랐다. 아무도 없는 호텔 복도에서 어느 뚱뚱한 사내가 벽을 향해 전속력으로 달리던 장면.

"내가 바로 나라는 걸 보여주겠다!"

사내는 그렇게 외쳤다. 그리고 벽에 부딪치는 순간 그것을 뚫고 나갔다. 나는 사내의 몸이 빠져나간 구멍을 들여다보듯 눈앞의 벽을 응시했다. 정확히는 그 앞에 놓인 탁자를, 더 정확히는 그 위의 전화기를. 그것의 수화기를 들면 어떤 말이 흘러나올지 알 수 있었다. 오래전에 이미 한 번 들었다 놓은 적이 있으니까. 감사합니다. 무엇을 도와드릴까요? 그 비슷한 내용이었을 테지만 수화기 너머의 상대가 구사한 일본어를 그때의 나는 전혀 알아듣지 못했다. 그래서 차라리 다행이었다. 대화를 하고 싶었던 게 아니니까. 나는 그냥 이 세상에 나 혼자만 있는 게 아님을 확인하고 싶었던 것뿐이니까.

하필 기온이 급강하한 날이었다. 시청사 앞에는 나처럼 누군가를 기다리는 사람들이 예닐곱 명쯤 되었다. 손이 곱고 몸이 떨리고 이가 위 아래로 맞부딪쳤다. 그래도 실실 웃음이 나오는 것은 어쩔 수 없었다. 내 생애 열아홉번째 크리스마스였다. 조금 있으면 생애 스물한번째 크리스마스를 맞는 여자가 올 것이었다. 이 순간을 얼마나 오래 공들여 준비해왔던가. 좋아하는 사람을 기다리면서 바라보는 서울의 야경은 놀랍도록 차고 맑고 아름다웠다. 행인들이 시청 앞 인도 한쪽에 놓인 구세군 자선냄비에 돈을 넣고 지나갔다. 제복 입은 남자가 흔드는 종소리가 12월의 찬 공기 속으로 투명하게 흩어졌다.

"널 위해 프라자 호텔을 예약했어."

윤서를 깜짝 놀라게 해줄 크리스마스 선물은 그거였다. 물론 호텔에 나도 함께 가겠다는 얘기였지만 다른 뜻은 없었다. 그녀에게 손끝 하나도 대고 싶지 않다면 거짓말일 터. 하지만 내가 진짜로 원하는 것은 그런 게 아니었다. 호텔 방에서 그녀가 이십 년 만에 처음으로 고국을 찾은 입양인의 심정을 경험해볼 수 있었으면, 그 눈에 비친 낯선 서울의 풍경을 오래 기억할 수 있었으면 하는 것이었다.

약속 시간이 삼십 분 지났다. 그녀의 집으로 전화를 걸었다. 휴대폰도 호출기도 없던 시절이라 공중전화부스에서 전화를 하면서도 나는 그새 윤서가 와서 길이 엇갈리면 어쩌나 연방 뒤를 돌아보았다. 한 시간이 지났다. 여전히 아무도 전화를 받지 않았다. 삼십 분이 더 지났다. 마침내 전화를 받은 것은 그녀의 어머니였다. 윤서는 점심때 이미 친구들과 어울려 밖으로 나갔다고 했다. 나와의 약속을 까맣게 잊어버린 것이었다. 혼자 호텔까지 터벅터벅 걸었다. 숙박 예약을 취소할 수도 있다는 생각을 그때는 왜 하지 못했을까.

16층 창밖으로 내려다보는 서울의 밤. 시청에서부터 광화문 방향으로 쭉 뻗은 태평로를 전조등을 밝힌 차들이 계속해서 달려가고 달려왔다. 하얀색 차가 제일 많았다. 좋아하는 사람에게 바람 맞고 나서 바라보는 서울의 야경은 여전히 차고 맑고 아름다웠다. 그리고 쓸쓸했다. 칠 개월 동안 갖은 아르바이트를 하며 모은 돈으로 산 하룻밤은 그렇게 지나갔다. 나는 그날 일을 아무에게도 말하지 않았다. 호텔 방에 혼자 있었다고. 내내 창밖만 보다 잠들었다고. 새벽에 깨어서는 고국에 처음 와본 입양인처럼 불현듯 외롭고 서럽고 막막하여 복도를 서성였다고. 그러다가 탁자에 놓인 전화기를 발견했고 프런트 데스크 안내원의 목소리를 들었던 것이라고.

나중에 윤서에게도 시청 앞에서 거의 두 시간이나 추위에 떨며 그녀를 기다렸다는 이야기는 했지만 호텔 이야기는 하지 않았다. 그 밤의 기억을 그때는 그냥 혼자만 간직하고 싶었다. 어차피 이야기했어도 믿지 않았을 것이다. 당시 프라자 호텔 하룻밤 숙박비가 내 자취방 월세 석 달분과 맞먹는 거금이었으니 말이다.

십수 년의 세월이 흐른 지금 그 이야기를 한다면 그녀는 믿을까. 그때의 일을 기억이나 할까. 내가 바로 그때의 나라는 걸, 우리가 바로 그때의 우리라는 걸, 증명할 수 있을까.

빗속을 뚫고 가서 사온 아이스커피를 건네며 슬쩍 얘기해봐야겠다고 나는 생각했다. 아내가 믿지 않아도 기억하지 못해도 상관없었다. 그런 건 사실 중요하지도 않았다. 이제 겨우 휴가의 첫날. 우리에게는 아직 여러 날이 남아 있었으므로.

양산 펴기

황정은

AS됩니까.

1976년 서울에서 태어났다. 2005년 경향신문 신춘문예에 단편소설 「마더」가 당선되며 등단했다. 소설집 『일곱시 삼십이분 코끼리열차』, 장편소설 『백의 그림자』가 있다. 한국일보문학상을 수상했다.

아르바이트 하기로 했다.

하루 일정으로 열리는 바자회에서 양산을 팔 것이다. 녹두에게
는 비밀이다. 우리는 얼마 전에 다퉜다. 장어 때문이었다. 장어를
먹고 싶다고 녹두가 말했다. 어디서 알아냈는지 특별한 소스와 숯
을 사용해서 쫄깃하고도 담백하게 장어를 구워주는 집이 있다며
그 집으로 장어를 먹으러 가자고 졸랐다. 가격을 물으니 일인분에
3만 원이라고 대답했다. 돈이 어디 있어, 라고 말하자 깡통에 모아
둔 돈을 쓰자고 졸랐다.

깜짝이야.

그 돈에 관해서라면 나도 따로 생각하는 것이 있었다.

전부터 지구본을 하나 가지고 싶었다. 어중간한 것은 가지고 싶
지 않았다. 너무 작은 것은 눈에 들어오지도 않았고 너무 큰 것은

너무 크고 너무 비싸서 가지고 싶다는 생각도 들지 않았다. 여러 가지로 알아보고 적당한 것을 눈여겨봐두었다. 지름이 삼십 센티미터쯤 되는 매끈한 지구본으로 고정대나 받침이 안정적이었고 기울기도 왠지 보기 좋았다. 어두운 청색 바다에 대륙과 섬들은 은색으로 표현되어 있었다. 내 눈엔 그게 무척 아름다워 보였고 그 아름다운 것이 내게 무척 필요했다. 지구본을 보고 돌아온 날에 나는 동전을 모아둔 깡통을 들어보았다. 가득 차면 3만 원 정도 되려나. 거기에 조금 보태면 여유롭게 지구본을 살 수 있을 거라고 생각했다. 좋았어, 하며 깡통을 제자리에 내려두었다. 그날부터 이따금 무게를 가늠해보며 깡통이 차오르길 기다리고 있는 중이었다.

그런데 장어라.

장어와 지구본을 비교하면 아까웠다. 장어는 한 끼로 순식간에 사라지지만 지구본은 남는다. 파손되지만 않는다면 두고두고 볼 수 있다. 뉴질랜드라거나 벨로루시 같은 나라들이 어디쯤인지 궁금할 때 짚어볼 수도 있으니 보람도 있다. 판단은 빠르게 유물적으로 마쳤다. 제정신이냐고 물었다.

우리 형편에 말이지.

생각보다 무뚝뚝하게 말해버렸다고 생각했는데 대꾸가 없었다. 뒤를 돌아보니 녹두가 입을 꼭 다물고 눈물이 맺힌 모습으로 이쪽을 보고 있었다.

좀 먹자고 했을 뿐인데 뭘 그렇게까지 얘기해.

뭘.

제정신이냐며.

그 뒤로 더는 말 나누지 않고 밤엔 등을 돌리고 누웠다. 그게 전부였으니 다퉜다기보다는 다쳤다고 해야 하나. 감정이랄까 자존심이랄까 어딘가 손쓰기 어려운 심층적인 부분을. 말도 없는 사람을 등으로 의식하며 깡통의 윤곽을 바라보았다. 텔레비전 위로 두더지 머리처럼 불룩 솟아 있었다. 찻잎을 담았던 것으로 주먹 두 개를 겹친 것보다 조그만 물건이었다. 그뿐인데 녹두도 나도 당분간 손댈 수 없는 불편한 물건이 되고 말았다. 이런저런 생각을 하며 누워 있다가 지구본에 관한 의욕마저 시들어 나는 나대로 시무룩해졌다. 서로 속이 상해 며칠 미묘했다.

오전 열시부터 오후 다섯시까지 일곱 시간 일하고 일당은 5만 원.

금요일에 일할 사람이 다급하게 필요하다며 사촌누이가 전화를 걸어왔다. 기본적으로는 판매대를 지키는 일이고 양산을 사려는 손님에게 양산 값을 받고 상황에 따라 거스름돈을 내주는 정도의 일이라 초보자라도 할 수 있다는 제안이었다. 반나절 일해서 5만 원이면 나쁘지 않잖아, 라고 누이가 말했다. 나쁘지 않았다. 이번 달 네 차례 휴일 가운데 한 번을 썼으니 사흘이 남아 있었다. 그 가운데 하루를 쓸 수 있을 것 같았다. 나가볼까, 생각했다.

좋아.

녹두에게 장어를 사 먹이자.

금요일이었다. 자고 있는 녹두를 내버려두고 조용히 우유와 빵을 챙겨 먹고 집을 나섰다. 날씨가 좋았다. 매미가 맹렬하게 울어 대는 나무 밑에서 버스를 기다렸다. 아홉시 반쯤 바자회 장소라는 구청 앞에 도착했다. 임대 안내 딱지가 붙은 상점을 등지고 보도를 약간 침범한 형태로 천막이 설치되어 있었다. 양산이며 놋그릇이며 속옷이며 생활용품이며 물건을 잔뜩 담은 박스들이 천막 안쪽에 어지럽게 쌓여 있었고 바자회에 동원된 사람들이 박스 사이를 분주하게 돌아다니고 있었다. 도착하자마자 사촌누이에게 이끌려 양산 디스플레이를 도왔다. 박스에 담긴 양산들을 간이 테이블에 무작정 쏟아 붓고 형태를 구분해 차곡차곡 쌓아두었다. 봉고를 통해 더 많은 박스들이 도착했다. 어디에 뭐가 모자라고 뭐가 넘치고 뭐가 잘되고 잘못되었는지 확인하려는 사람들로 정신을 못 차리게 떠들썩했다. 열시가 넘어 대강이나마 정리된 상황을 보니 일곱 가지 물품에 품목당 두 명씩 총 열네 명이 동원된 행사였다. 사촌누이와 내가 담당할 품목은 양산과 소량의 스카프였다. 양산과 스카프의 소유주는 배 부분이 팽팽하게 늘어난 폴로 셔츠를 입고 반바지에 샌들을 신은 남자였다. 그는 아무렇게나 뭉친 손수건으로 땀을 닦으며 박스를 날랐다. 그대로 물건들을 남겨두고 자리를 뜨려는 그를 붙들고 그의 물건들에 대한 정보를 물었다. 정보가 있어야 손님들에게 설명하고 팔 수 있을 것 아닌가. 내 말을 듣고 그가 쾌활하게 대답했다.

그냥 팔아요.

그냥 어떻게요.

그냥 팔면 된다니까.

양산과 스카프의 소유주가 그냥, 하며 쾌활하게 가버린 뒤 사촌누이는 양산 하나를 양산 더미 곁에 샘플로 펼쳐두었다. 나는 그걸 집어서 라벨을 살펴보았다. 다섯 단 접이 양산에 우산 겸용이라는 설명을 비롯해 몇 가지 정보가 적혀 있었다. 라벨을 뒤집어보니 3만 7천 원이라고 적힌 가격에 2만 5천 원 가격표가 덧붙어 있었다. 기둥이 짧고 굵었다. 우산보다 천이 질기고 두꺼운 듯했다. 손잡이 쪽에 뭉툭하게 솟은 버튼을 누르자 팟, 소리를 내며 양산 살이 접혔다. 뜻밖에 기운차서 놀랐다. 양산 위쪽을 잡고 아래쪽으로 당겨보았다. 저항력이랄까 힘이 상당해서 잘 되지 않았다. 간신히 손잡이 근처까지 끌어내려서 양산 살을 가지런히 정돈한 뒤에 똑딱 단추를 채웠다. 한 뼘도 되지 않는 길이에 납작했다. 뒷주머니에 넣고 다닐 수도 있을 것 같았다. 똑딱 단추를 풀고 자동 단추를 누르자 만만치 않은 압력으로 펼쳐졌다. 자동 단추를 눌러 살을 접고 다시 끝까지 접어보았다. 펼칠 때는 편해도 접을 때가 쉽지 않았다. 이렇게 애를 먹이는 양산이라면 누구라도 구매를 망설일 듯했다. 제대로 시범을 보이려고 연습했다. 펼칠 때는 이렇게 팟, 접을 때는 이렇게 착.

팟. 착. 착. 착.

펼치고 접고 펼치고 접고.

포인트는 콤팩트.

콤팩트한 사이즈와 양산 우산 겸용, 자동, 할인을 강조하자.

대강 방향을 잡고 양산을 도로 펼쳐 테이블에 놓아두었다. 속옷을 진열해둔 옆 테이블에는 벌써 손님이 들어 물건을 뒤져보고 있었다. 그 밖에 정리를 마치고 개시를 한 곳도 있었고 한창 마무리 정리 중인 곳도 있었다. 자신이 직접 제작한 물건을 들고 나왔다는 속옷 담당자를 제외하고는 모두 일당을 받고 고용된 사람들이라고 사촌누이가 내게 속삭였다. 바자회가 시작되었다.

다섯 단 접이 양산.

양산 우산 겸용입니다. 30퍼센트 할인된 가격 2만 5천 원.

이따금 외치며 손님도 들지 않는 판매대 곁에서 무료하게 오전 시간을 보냈다. 워낙 오가는 사람이 없었다. 곰 같은 것이 곰 같은 표정으로 버티고 있으니 들던 사람도 나겠다며 누이에게 등짝을 얻어맞은 뒤로는 샘플 양산을 머리 위로 받쳐 들고 천막 곁에 서 있었다. 누군가 지나가면 가급적 정중하게 양산을 들어 보이며 로베르따 디 까메르노 양산 우산 겸용입니다, 라고 말했다.

날이 맑았다. 횡단보도 줄무늬 위로 구름 그림자가 엷게 흐르는 것을 양산을 쓰고 바라보았다. 오후가 되면 무더울 것 같았다. 두고 봐, 라는 느낌으로 거듭거듭 맑아지고 있었다. 양산 손잡이를 빙글 돌리며 길 건너편을 바라보았다. 깨끗한 외벽을 가진 구청 건물이 4층 높이로 솟아 있었다. 유리를 박아 넣은 서쪽 측면이 햇빛을 받고 청동처럼 반짝 빛났다. 도로를 향해 활짝 열린 정문 왼쪽으로 녹색 라인이 들어간 버스 두 대가 서 있었다. 조금 더 왼편으로는 넓은 사거리가 있었고 내가 서 있는 방향에서 오른편으로는 도로 중앙에 버스 정류장이 있었다. 사거리 쪽에서 트럭 한 대가 경적을 울렸다. 차들이 매끄럽게 도로를 지나가고 정류장에 도착한 버스에서 소수의 사람들이 내렸다. 붉은 신호를 받고 차들이 멈췄다. 등산복을 입고 묵직한 가방을 멘 아주머니들이 바자회 천막을 향해 다가왔다. 양산, 하고 나는 말했다.

30퍼센트 할인된 가격 2만 5천 원.

점심은 중식으로 결정되었다. 사촌누이가 음식점 전화번호가 적힌 메모지를 들고 다니며 각 판매대의 메뉴를 물었다. 점심 값이 따로 제공되지 않아 일당에서 공제될 예정이었다. 열량은 높고 값은 싼 음식을 고민하다가 자장면으로 결정했다. 자장면 짬뽕, 하며 주문이 이어졌다. 철가방 하나는 뒷좌석에 얹고 나머지 하나는 손에 든 배달원이 오토바이를 타고 도착했다. 기왕 먹는 것 한자리에 모여 먹자고 속옷 공장 사장이 제안했다. 싫다며 손을 젓는 두 명을 제외하고 어색하게 모여 앉아 먹기 시작했다.

학생 성씨가 뭔가, 그릇을 담당하는 노부인이 내게 물었다.

김씨요.

김씨 김씨 학생은 원래 이런 일 하러 다니나.

글쎄요 저요 엔지니어인데요 기계 고쳐요.

오늘은 안 고치나 기계.

쉬는 날인데요 모르겠어요 하하 다른 일을 찾아볼까 생각 중예요.

아니 왜 보수가 적나.

여유가 너무 없어요 머슴 보듯 얕잡아보는 손님들도 많고요 기계 똥꼬나 쑤신다고요.

똥꼬 똥꼬라니 똥꼬 같은 매너를 가진 양반들일세.

하하하.

그럼 대학은 나왔나.

공대 나왔습니다.

아이코 반갑네 우리 아들이 공대 다녀 우리 아들 곧 졸업인데 취직이 되지 않아 걱정이 이만저만 아니야.

그러네요 취업이 걱정이겠네요 어디를 나와도 마찬가지겠지만 공대라니 정말로.

걱정이시겠어요, 라고 말하려는데 위쪽에서 투둑, 소리가 들려왔다. 모두 먹던 것을 멈추고 천막을 올려다보았다. 후둣 투둑, 하며 굵은 실밥이 터지는 듯한 소리가 이어졌다.

어머 비.

사촌누이가 그릇을 쥐고 벌떡 일어서자마자 후두두두 쏟아지기 시작했다. 앞이 불투명하게 보일 정도로 굵고 조밀하고 세찬 비였다. 자리가 모자라서 양산 판매대는 절반 정도쯤 천막 바깥으로 노출되어 있었다. 테이블 위의 양산들이 젖었다. 그릇을 바닥에 내려두고 누이와 둘이서 이쪽저쪽으로 뛰며 양산과 스카프를 옮겼다. 다른 팀도 천막 바깥에 놓인 물건이 많아 그것들을 안전한 곳에 들여놓느라고 법석이었다. 아니 날벼락 같이 웬 비, 하며 천막 바깥을 내다보았다. 길 건너편에서도 갑작스러운 비를 만나 혼비백산한 사람들이 빵집 차양 아래 모여 있었다. 구청 앞엔 여전히 녹색 버스들이 정차되어 있었다. 동그란 투구를 쓰고 검은 제복을 입은 경찰 두 명이 방패로 하반신을 가리고 이쪽을 향해 서 있었다. 아유 저 사람들 비를 다 맞고 있네, 하며 사촌누이가 그쪽을 보고 얼굴을 찡그렸다. 먹다 놓아둔 그릇으로 빗물이 들이쳤다. 양산 더미에 대강 얹어둔 양산들을 무너져 내리지 않도록 정리하고 있을 때 비가 그쳤다. 하늘은 오전보다도 맑은 기세로 푸르렀다.

비 그친 것을 확인하고 판매대를 본래 형태로 복구했다. 천막 안쪽으로 밀어두었던 테이블을 끌어내고 바닥이 비탈져 기우뚱거리는 쪽에 납작한 콘크리트 조각을 받쳐두었다. 양산과 스카프를 고루 쌓아두고 접어두었던 샘플 양산을 펼쳤다. 땀이 흘렀다. 햇빛이 뜨거워 빗물에 젖었던 보도블록이 금세 말랐다. 한차례 비를 거친 뒤로 거리를 오가는 사람이 늘었다. 다섯 단 접이 자동 양산.

양산 우산 겸용입니다. 30퍼센트 할인된 가격 2만 5천 원.

구조는 이렇게 생겼으니 디자인만 골라서 보세요 로베르따 디 까메르노.

사촌누이와 둘이서 외치며 반 시간 만에 양산 다섯 개를 팔았다. 2만 5천 원이면 싼 가격은 아니라고 생각했는데 사촌누이는 양산을 구경하는 손님들에게 양산 가격이 이만하면 싸지 않느냐고 진지하게 묻고 있었다. 싸긴 싸지, 하며 손님들도 고개를 끄덕이다가 결국은 집어갔다. 반 시간 만에 양산 여덟 개를 더 팔았다. 스카프는 전혀 팔리지 않았는데 사촌누이가 하나를 집어 포장을 북 뜯고 목에 두른 뒤로는 하나씩 팔렸다. 나는 감탄하며 누이를 지켜보았다. 누이는 이런 기술을 대체 어디서 배웠을까.

스카프 두 개 양산 네 개가 한꺼번에 팔린 뒤로 문득 손님이 끊겼다. 누이가 챙겨온 얼린 보리차를 마시며 판매대 뒤쪽에서 숨을 돌렸다. 무진장 덥네. 속옷 공장 사장이 종이를 접어 만든 부채로 부채질하며 외쳤다. 지나가던 아주머니가 그쪽 판매대로 다가가서 속옷들을 만져보았다. 아저씨 이거 어디 거예요 공장에서요 내가 내 공장에서 직접 만들었어요 제품 좋아요, 하며 오가는 대화를 듣고 있다가 소란스러운 소리를 듣고 길 건너편을 바라보았다. 어느 틈엔가 사람들이 잔뜩 모여 있었다. 머리에 띠를 두른 사람 노란색으로 투쟁이라고 적힌 조끼를 입은 사람 확성기를 든 사람들이 구청 주변으로 보드를 늘어놓고 분주하게 무언가를 준비하고 있었다. 오늘 여기서 무슨 일 있느냐고 누이가 내게 물었으나 내가 알 리 없었다. 속속 사람들이 도착하고 카메라도 나타났다. 삽시간에 상당히 많은 수의 사람들이 모여 집회가 시작되었다. 노점상연합 공무원노조 철거민연합으로 이름이 적힌 현수막 세 개가 올라가고 바위처럼 살아가보자는 노래가 시작되는 상황을 어리둥절해서 지켜보았다. 매년 하는데 올해엔 사람이 적네, 속옷 공장 사장도 그쪽을 바라보며 말했다.

깜짝 놀랐다.

집회를 저렇게 매년 하나요?

내가 묻자 무슨 말이냐는 듯 그가 나를 보았다.

아니 바자회를.

자동 양산.

다섯 단 접이 우산 겸용입니다 30퍼센트 할인된 가격 2만 5천원에 모시고 있습니다 로베르따 디 까메르노 이태리 메이커에 제조는 중국입니다.

오후엔 바자회를 둘러보는 사람들이 늘어서 본격적으로 양산을 팔았다. 양산 양산 로베르따 디 까메르노, 말할수록 리듬이 붙어 매끄럽게 읊었다. 날은 여전히 맑았으나 때때로 거세게 바람이 불어 천막이 울렁였다. 한두 번은 바람에 날아간 비닐 백을 잡느라 도로 가장자리까지 달려 나갔다가 돌아왔다. 길 건너편에서는 사람들이 북을 두드리며 목소리를 모아 구청장을 부르고 있었다.

나와라.

나와라.

노조 사무실 야밤 급습이 웬말이냐 호화청사 웬말이냐 노점상 철거민 생존권 보장 비리구청장 물러나라.

실크 80퍼센트 스카프 만 원.

양산.

양산도요 자외선 차단 안 되는 양산 있어요.

나와라.

로베르따 디 까메르노 웬말이냐 자외선 차단 노점상 됩니다 안 되는 생존 양산 쓰시면 물러나라 기미 생겨요 구청장 한번 들어보세요 나와라 나와라 가볍고 콤팩트합니다 방수 완벽하고요.

아줌마 빤스는 국산이 좋아 국산 사세요.

지상파 방송 로고가 찍힌 카메라를 든 사람이 이쪽으로 길을 건너와서 바자회 천막을 등지고 건너편을 향해 카메라를 들었다. 셔츠 등판에 땀자국이 선명했다. 잠깐 그걸 지켜보는 틈에 테이블에서 새 양산을 집어 펼쳐보려는 아주머니를 말리고 여기 샘플 있어요 이걸로 보세요 디자인은 다 똑같고요 색깔하고 무늬만 달라요 이거 보고 고르세요 이렇게 펼치고 이렇게 접고, 하며 분주한 와중에 조만간 있을 지방선거에서 한 표 당부한다며 건네는 홍보 전단까지 몇 장 받아들었다. 오늘이 무슨 날이냐 정말 날이로구나, 누이가 땀을 닦으며 말했다. 빗방울이 한두 방울 떨어졌으나 비로 쏟아지지는 않았다. 잿빛 먹구름이 빠른 속도로 머리 위를 지나가고 있었다.

안녕하십니까.

불쑥 들어선 사람들로 천막 안쪽이 갑자기 어두워졌다. 방송 카메라 한 대도 그들을 따라 불쑥 천막 안으로 들어왔다. 구청장 후보 위모입니다, 하며 건네는 손을 얼떨떨해서 맞잡았다. 일행 가운데 풍채가 가장 좋고 느긋해 보이는 사람이었다. 기호가 적힌 넓은 띠를 사선으로 가슴에 두르고 있었다. 그가 부드러운 미소를 띠고 내 눈을 들여다보며 행사 취지를 물었다. 모르겠다고 대답도 못하고 있는데 곁에서 그의 보좌인 듯한 남자가 대답했다.

이웃돕기 바자회인데요 매년 이 자리에서 열리고 있습니다.

좋은 일 하시네요, 하며 구청장 후보가 나를 향해 부드럽게 웃었다. 그러면 이 행사에서 나오는 이익금은 어떻게 쓰십니까 나라에서 단체 지원금은 좀 나옵니까, 하고 그가 내게 물었다. 곁에 있던 남자가 또 나서서, 작년엔 이 단체가 구청에서 지원을 받았는데 올해는 어떤지 모르겠습니다, 라고 대답했다. 구청장 후보가 고개를 끄덕이며 그 말을 들었다. 그가 다시 나를 향해 물었다. 우리 유권자께서는 어떤 계기로 이 바자회에 참여하게 된 건가요.

저요 그냥 아르바이트 하는 건데요 돈 벌려고요 녹두에게 장어 먹이려고요, 그렇게는 말 못하고 카메라도 신경 쓰여 어물거리고 있다가 말했다.

판매 도와주러 왔는데요.

아 그럼 자원봉사 하시는 겁니까.

⋯⋯

오늘 여기서 자원봉사 하시는 분들은 어떤 분들입니까.

옆에서 듣고 있던 누이가 무뚝뚝하게 답했다.

그냥 알바예요.

알바?

아르바이트라고요 아저씨.

팔뚝에 빗방울이 탁 떨어졌다. 밝은 색으로 마른 보도블럭 위로 소리도 없이 검은 반점들이 돋아나더니 비가 쏟아졌다. 정오쯤 내린 비보다 거칠고 짧았다. 양산을 옮기느라고 천막 안팎을 오가다가 머리와 어깨가 젖었다. 물건을 전부 옮기기도 전에 비는 그쳤다. 양산을 한아름 들고 어이없어 하늘을 올려다보았다. 마지막 빗줄기들이 햇빛을 받고 반짝반짝 빛났다. 더 내릴까, 내리지 않을까. 하늘을 바라보며 근심하다가 판매대를 복구했다.

오줌 마려웠다.

어디로 가야 하느냐고 누이에게 물었더니 구청에서 싸고 오라며 길 건너편을 가리켜보였다. 한산한 틈에 길을 건넜다. 나와라 나와라, 하며 여전히 구청장을 부르고 있는 사람들 앞을 지나 건물 안으로 들어갔다. 등 뒤로 문이 찰딱 닫히자 나와 더불어 밀려들었던 바깥의 소리며 더운 공기들이 차단되었다. 실내는 서늘하게 밀폐되어 있었다. 높다랗게 솟은 천장엔 구(球) 모양으로 구현된 철편 조형물이 어디선가 불어오는 시원한 바람에 흔들리며 잘랑거리는 소리를 내고 있었다. 거대하게 자란 고무나무와 홍콩야자가 진열된 로비를 가로질러 걸어갔다. 왼편으로는 공무를 담당하는 사람

들이 접수를 받는 장소와 구청에 볼일을 보러 온 사람들이 번호표
를 뽑아 대기하는 장소가 있었고 오른편으로는 커피숍과 놀이방
이 마련되어 있었다. 플라스틱 놀이기구들을 넣어둔 놀이방은 비
어 있었고 커피숍에선 다리를 예쁜 모양으로 포개고 앉은 사람들
이 둥근 탁자에 찻잔을 놓아두고 이야기를 나누고 있었다.

　화장실을 찾지 못해 커피숍 쪽으로 나왔다. 반대쪽으로 로비를
가로질렀다가 출입구로 돌아 나왔다. 중앙의 넓은 계단을 올라가
서 2층 복도를 따라 무작정 걷다가 자판기 곁에서 화장실 표지판
을 발견했다. 깔끔하게 닦인 타일 벽을 바라보며 볼일을 보고 거
품 비누로 손을 씻었다. 거울을 보니 얼굴은 붉고 빗물과 땀을 고
루 먹은 셔츠는 다갈색으로 어깨에 달라붙어 있었다. 냄새도 나는
것 같았다. 종이타월로 젖은 부분을 두드려 물기를 얼마간 제거하
고 아래층 로비로 내려왔다. 딩동, 하고 벨이 울리자 노란 천을 씌
운 소파에 앉아 있던 남자가 접수처를 향해 걸어갔다. 딩동, 하고
다음 구민을 호출하는 소리를 등지고 바깥으로 나섰다. 조금 전
비로 머리가 젖은 사람들과 투구를 쓰고 방패를 든 사람들 사이를
걸어 횡단보도 앞에 섰다. 마이크를 쥔 남자가 탁하게 쉰 목소리
로 어떻게 살란 말이냐고 묻고 있었다. 뒤통수가 징징 울렸다. 횡
단 신호를 기다리며 길 건너편 바자회 장소를 바라보았다. 뾰족하
게 솟은 천막 아래 무더운 그늘에서 바자회에 동원된 사람들이 물
건을 팔고 있었다. 물건을 보거나 사려는 사람들이 천막 안팎을 들
락거렸다. 다홍색 샘플 스카프를 목에 두른 사촌 누이가 손님에게

양산을 집어 보이며 무언가를 설명하고 있었다. 천막 아래 걸린 바자회 현수막이 바람에 나부끼자 누이가 그쪽을 향해 얼굴을 들었다. 나는 길을 건넜다.

국산 빤스 나와라 양말 세 켤레 구청장 5천 원 전통 있고 몸에도 좋은 우리 생존권.

양산.

나와라.

양산.

우산 겸용입니다. 오늘처럼 비 내리고 개고 비 내리는 날에 딱 적당하게 콤팩트한 사이즈 가방에 넣고 다니세요 자외선 차단 되고요 에이에스 됩니다, 다른 목소리들에 묻힐까 열심히 외쳤다. 소리를 낼 때마다 바늘이 서는 듯 목이 따끔따끔했다. 그 정도 성량으로 종일 스스로의 목소리를 들은 탓인지 머리도 울렸다. 어디 한번 해보자고 목소리를 더욱 높였더니 기침이 터졌다. 누이가 건네준 보리차를 마셔도 멈추지 않았다. 통증과 내압 때문에 얼굴이 달아올랐다. 조금 쉬라며 밀치는 대로 천막 그늘 끝에서 양산을 펼치고 섰다.

양산 속에서 멍하니 길 건너편을 바라보았다. 그쪽엔 오전보다도 사람이 늘어서 그 가운데 적지 않은 사람들이 도로로 내려와 있었다. 나오라는 사람은 나오지 않는데 불러내려는 사람은 늘고 깃발도 늘고 함성은 높아서 금방이라도 무슨 일인가 벌어질 듯했다. 어느 틈엔가 녹색 버스도 늘어서 더 많은 경찰들이 도로 가장자리

84

를 따라 늘어서 있었다. 횡단보도 건너편에서 밀짚모자를 쓴 남자가 팻말을 목에 걸고 이쪽을 향해 서 있었다. 팻말에 적힌 글자가 너무 조밀하고 두꺼워서 유달리 크고 네모지게 적힌 생존이라는 단어 말고는 이쪽에서 제대로 읽을 수 있는 것이 없었다. 상당한 시간 목에 걸고 다닌 듯 그의 생존이 너덜너덜했다. 내가 그를 보는 것을 그도 보았는지 그가 나를 보았다. 아마도 그런 것 같았다. 한동안 서로 바라보았다. 버스가 신호를 받고 멈춰 서며 그를 가렸다. 다시 바위처럼 살아가보자는 노래가 시작되고 있었다. 신호가 바뀌고 버스 지나간 자리를 보니 그는 사라지고 없었다.

연두색 풍선 하나가 북쪽 방향으로 고요하게 떠갔다. 저물 무렵 햇빛을 받고 불룩 빛나며 솟구치고 있었다. 새끼손톱보다도 작았다. 고개를 들고 더욱 멀어져 보이지 않을 때까지 지켜보았다. 배고팠다. 왜 고플까 생각해보니 밥도 제대로 먹지 못했구나 지랄 같고 오늘 같은 날씨 로베르따 디 까메르노 이태리 메이커 다섯 단 접이 양산 우산 겸용입니다 오늘 하루만 30퍼센트 할인된 가격 2만 5천 원입니다 자외선 차단 안 되는 우산 쓰시면 기미 생겨요 콤팩트한 사이즈 들어보세요 가볍습니다 아줌마 여행 갈 때도 편해 가방에 쏙 로베르따 이태리 메이커에 제조는 중국입니다.

비는 더 내리지 않았고 구름은 깨끗한 빛깔로 부풀고 있었다. 해맑은 날씨에 마음이랄까 어딘가가 유리처럼 자꾸자꾸 얇아지는 듯했다. 이태리 메이커에 제조는 중국이라면 어디 산(産)이라는 걸까 도대체 이태리 메이커에 제조는 중국이라니 이 무슨 정체불명의 물건일까 어쨌거나 이것을 팔고 일당 5만 원씩 한 달을 꼬박 일하면 지금 버는 것보다 훨씬 버는구나 50만 원 정도를 더 버는 셈인가 그 정도 여유가 있었더라면 장어나 지구본을 두고 녹두와 다툼하는 일은 없었을 텐데 그까짓 걸 가지고 그런 정도로 속이 상해버리는 일은 없었을 텐데 정말로 그만둘까 지금 하는 일 그만두고 다른 걸 찾아볼까 하더라도 당장 생계 생존 생계 이것도 저것도 뭔가 서글프고 공허해서 양산, 양산만 외치고 있는데 마직 저고리와 치마를 곱게 차려입은 할머니가 양산 판매대를 들여다보았다. 부드럽게 주름진 작은 손으로 양산을 들어보고 내려두고 들어보길 반복하다가 파란색 장미가 그려진 것을 손에 쥐고 내게 물었다.

이건 에이에스 되나.

돼요.

되나.

됩니다.

부러지면 새 걸로 바꿔주나.

그 말에 할머니, 하고 정색하고 대답했다.

살살 쓰면 되지 왜 부러져 살살 쓰세요.

여섯시에 양산 한 점을 팔고 장사를 마쳤다. 양산과 스카프의 소유주가 쾌활하게 봉고를 끌고 나타나 판매 실적을 물었다. 사촌누이와 나는 백만 원에서 조금 모자란 금액을 보고하고 구김 덕분에 성글게 부푼 돈다발을 넘긴 뒤 봉고에 물건 싣는 것을 도왔다.

해 질 무렵이었다.

저물어가는 햇빛에 잠겨 불그스름한 빛깔을 띤 일당을 건네받았다. 내 몫은 5만 원권으로 한 장, 누이의 몫은 만 원권으로 다섯 장이었다. 누이는 그 돈을 받자마자 장사를 접고 정리를 하느라 어수선한 다른 판매대 앞을 서성이며 물건을 둘러보았다. 바닥이 오목한 사기 접시 하나 아이들 속옷 두 벌 타이즈 한 벌 자매들에게 나눠줄 덧신 세 켤레, 이렇게 물건 값으로 4만 5천 원을 지불하고 5천 원 남았으니 점심 값을 제하면 또이또이네, 라고 말하며 그녀가 내 곁으로 돌아왔다. 흘렀다 마른 땀으로 누이의 얼굴이 반들반들 빛났다. 바자회는 끝났다. 봉고를 타고 떠나기 전 양산과 스카프의 소유주는 누이와 나를 불러 양산을 하나씩 건네주었다. 누이 것은 노란 동백 무늬가 있는 것 내 것은 흰 바탕에 검은 물방울 무늬가 있는 것으로 가장자리에 짧은 프릴이 달려 있었다. 이것은 녹두에게 주어야겠다고 생각했다. 그런데 이게 참 콤팩트한 사이즈에 펼치기는 쉬울지 몰라도 접는 것이 만만치 않은데 녹두의 악력으로 가능한가 하면 또 가능하지 않을 것은 이렇게 연습해보면 가능하게 되지 않을까 팟 이렇게 착.

양산을 펼쳤다가 꼼꼼히 접어 주머니에 넣고 봉고를 배웅했다.

사촌누이를 먼저 버스에 태워 보내고 정류장에서 버스를 기다렸다. 구청 앞에 모인 사람들은 이제 바닥에 앉아 노래를 부르고 있었다. 방송용 카메라 몇 대가 남아서 그 광경을 촬영하고 있었다. 그쪽으로 비스듬하게 몸을 돌리고 눈에 띄는 카메라를 세어보았다. 하나 둘 셋. 오늘 하루 목격한 카메라만 네 대나 어쩌면 다섯 대. 그들 가운데 어느 프레임엔 결국 내 모습이 찍혔을지도 모르겠다는 생각이 들었다. 나, 방송에 나오는 거냐.

버스를 타고 바자회 장소를 떠났다. 발등이 저렸다. 이를 닦고 싶었고 깨끗한 물로 손과 머리를 씻고 싶었다. 예상보다 더한 강도로 피로한데 이상하게 잠은 오지 않아 눈을 말똥하게 뜨고 실려가는 길이었다. 맑은 노을이 들어 눈부셨다. 뒷주머니에 넣었던 양산이 거슬려 무릎에 올려두었다. 저물어가는 빛 속에서 얼굴을 붉히고 앉아 텔레비전에 내가 나온다면, 하고 생각했다.

정말로 나온다면.

나와라, 외치는 사람들 사이를 걸어 오줌을 누러 가는 뒷모습 그러니까 누구도 정체를 궁금해하지 않을 뒤통수라거나 사람 좋아 보이도록 웃는 정치인의 어깨 너머에서 양산을 외치는 모습이라거나 무심하게 카메라를 응시하고 있는 모습이라거나.

어느 것이든 가장자리쯤에 어쩌면 지직거리며 동원되었을 조그만 얼굴을 생각하자 찜찜하고 왠지 자존심 상했다. 찍어도 괜찮겠느냐고 한번 정도는 물을 수 있는 것 아니었냐 씨발 놈들아, 어쩌고 생각하며 양산을 만지작거리며 앉아 있었다. 버스가 신호를 받고 멈췄다. 보리갯 떡 보리갯 떡, 하는 소리가 뒤로부터 다가오더니 엔진 소리 요란한 트럭 한 대가 내가 앉은 자리에 나란히 멈춰섰다. 짐칸에 실린 아마도 보리개떡이 담겼을 스티로폼 상자들을 내려다보았다. 보리갯 떡 보리갯 떡 보리 떡 보리 떡 보릿 떡, 하며 놀 듯 노래하듯 확성되는 소리와는 다르게 운전석에 앉은 남자는 피로에 눌린 듯한 모습으로 앞을 보고 있었다. 다른 말도 없이 보리갯 떡 보릿 떡, 하고 반복되는 소리를 노곤하게 듣고 있다가 눈물이 글썽 고인 채로 집까지 실려갔다.

어둑어둑할 무렵, 집에 당도했다. 녹두는 텔레비전을 틀어두고 거실 바닥에서 졸고 있었다. 양산을 신발장에 얹어두고 곁에 드러누웠다. 쉬는 날인데 어디 다녀왔어, 녹두가 투덜거리며 내게 파고들었다. 녹두의 머리에서 목화를 닮은 낮잠 냄새가 났다. 그 냄새를 맡고 있자니 하루가 왠지 아득했다. 텔레비전에 내 작은 머리통이 나타났을까. 뉴스를 확인해야겠다고 생각하면서도 전기처럼 바작바작 번져나가는 피로감에 늘어져 있었다. 가물가물 눈을 뜨고 있다가 얕게 잠들었을 때였다.

잠꼬대를 한다며 녹두가 나를 흔들었다.

뭐라는 거야 그거, 시(詩)야?

내가 뭐라고 했어?

로베르따 어쩌고 이태리 메이커에 제조는 중국입니다.

아아 그거.

노래, 라고 잠결에 대답했다.

결투

윤이형

나는 서울에서 태어나 서울에서 줄곧 자랐다. 서울에서 학교를 다니고 사회생활을 하고 친구를 사귀고 사랑을 하고 글을 썼다. 누군가가 흙냄새나 해안선의 아름다움에 대해 말하면 나는 고개를 끄덕이며 귀를 기울인다. 그러면서 사실은 끊을 수 없는 커피, 끊을 수 없는 음악, 끊을 수 없는 건물들, 끊으면 죽을 것 같은 이 도시에 대해 생각하곤 한다.

그렇게 사랑하는 이 도시에서, 언제부턴가 나는 혼자 걸을 때도 한 사람이 아니었다. 내가 마지막으로 혼자 서울을 걸어본 건 언제였을까.

1976년 서울에서 태어났다. 2005년 중앙신인문학상에 단편소설 「검은 불가사리」가 당선되며 등단했다. 소설집 「셋을 위한 왈츠」 「큰 늑대 파랑」이 있다.

그날 점심시간에 우리는 새로 생긴 식당에 갔다. 하우스와인 한 잔이 서비스로 나왔다. 와인을 마시며 오믈렛을 먹고 있을 때 어떤 음악이 흘러나왔다. 어쿠스틱 기타와 하모니카 선율에 여자 가수의 달달한 보컬이 꽤 감칠맛 나게 어우러진 곡이었다. M이 무심결에 따라 부르기에, 나는 누구의 곡이냐고 물어보았다. 그는 포 시즌 메이플 리브스, 라는 다소 긴 밴드명을 댔다.

　　"메이플 리브스면 단풍잎인가? 사계절 단풍잎, 들?"

　　"글쎄, 맞는 것 같은데."

　　"밴드명이 특이하네."

　　"그러게. 노래 좋지 않아? 요즘 어딜 가도 나오는데, 그런 것치고는 또 꽤 괜찮더라고."

　　"어느 나라 밴드지?"

"영국이던가."

M은 좋은 동료였다. 일처리가 뛰어났고, 귀찮은 작업을 부하직원들에게 미루지 않았다. 나와 마찬가지로 와인과 음악을 좋아하는 그는 돌이 갓 지난 아이의 사진을 휴대폰에 저장해 가지고 다니면서 틈만 나면 꺼내 자랑하곤 했다.

나는 그 음악이 마음에 들었다. 그날 오후에는 일이 유난히 많았으므로 우리는 후식으로 뜨겁고 진한 커피를 주문해 한 잔씩 마셨다. 나는 기억나는 대로 노래의 후렴구를 흥얼거리며 체육관으로 돌아왔다.

"종이하고 펜 있나요?"

대기실에 앉아 있던 여자가 물었다. 서류상 확인 절차가 끝나고 두 참가자가 제대로 체육복을 갈아입었는지 점검하러 갔을 때였다. 그녀는 그날의 마지막 결투 참가자였다. 길고 구불구불한 머리카락은 손질한 지 오래된 듯 여기저기 엉켜 있었고, 두 눈에는 모든 것을 이해하고 싶다고 말하는 듯한 눈빛이 담겨 있었다.

흔히 있는 일은 아니었다. 참가자가 말을 거는 경우는 종종 있었지만, 그들이 묻는 것은 대체로 무엇을 선택해야 하는지였다. 어떤 무기를 선택해야 가장 유리한가. 무엇을 써야 빨리, 쉽게 끝낼 수 있는가. 나는 그런 질문들에 대답하지 않았다. 그것은 규정에 어긋났다. 내가 대답해주지 않아도 자신에게 맞는 무기를 본능적으로 선택하는 사람들이 있었고, 그런 사람들은 살아서 집으로 돌아갔다.

그런데 종이와 펜이라니. 나는 그녀가 유서를 쓰려나보다 싶었다. 시간이 허락되고 침착함을 유지할 수만 있다면, 죽음을 앞둔 상황에서는 유서를 쓰는 것이 자연스러운 일인지도 모른다. 하지만 참가자들 대부분은 그러지 않았다. 자신이 이길 거라고 확신하는 쪽은 그럴 필요가 없었고, 자신이 없는 쪽은 그럴 의지를 지닐 여력이 없었다. 나는 잠시 생각하다가 캐비닛 서랍을 열고 노트 한 장과 검은색 볼펜을 꺼낸 다음 그녀 앞의 테이블에 밀어주었다. 볼펜을 든 그녀는 일기를 쓰는 중학생 소녀 같은 표정으로 종이에 글자를 적어넣기 시작했다. 몸을 앞으로 기울이고 체중을 팔에 가득 싣고 있어서 적어넣는다기보다는 조각칼로 무언가를 새겨넣는 것처럼 보였다.

그녀가 본체인지 분리체인지는 알 수 없었다. 눈으로 보아 어느 정도 짐작할 수는 있었지만 짐작은 얼마든지 틀릴 수 있었고, 설령 짐작이 맞는다고 쳐도 결투 전에 쌍방을 구분하는 일에는 의미가 없었으므로, 나는 참가자들을 필요 이상으로 자세히 보지 않았다. 결투에서 이기는 쪽이 본체이자 인간으로 인정된다. 지는 쪽은 분리체이자 이물질로 분류되어 법에 의해 처리된다. 그것이 이 도시의 규칙이었다. 내가 알아볼 수 있었던 건 그녀가 지는 쪽이라는 사실뿐이었다.

이기는 쪽의 눈에는 증오가—입술을 씰룩이게 하고, 얼굴을 붉게 달아오르게 하고, 저주의 말들을 내뱉게 하는 뜨거운 증오든,

무표정 속에 단단히 다져진 차가운 증오든 간에—담겨 있었다. 반면 지는 쪽의 눈에는 슬픔과 갈망, 차분한 체념 같은 것이 갈무리되어 있곤 했다. 종이에 무언가를 적고 있는 그녀의 눈에 담긴 것은 명백히 후자였다.

그녀가 내민 종이에는 열한 자리로 된 숫자가 적혀 있었다.

"저 아이와 친구가 되어주세요. 누군가가 필요해요."

약하게 틀어놓은 수도꼭지에서 흘러나오는 가느다란 물줄기 같은 목소리였다. 나는 그녀의 눈 속에 슬픔과 갈망, 체념과 함께 또 다른 어떤 감정이 섞여 있음을 깨달았다. 하지만 그것이 무엇인지는 알 수 없었다. 나는 종이를 두 번 접어 주머니에 넣었다.

두 명의 진행요원이 들어왔고, 그녀를 양쪽에서 붙잡아 일으킨 다음 C-3게이트로 데려갔다. 나는 A-1게이트에 또 한 명의 그녀가 도착한 것을 무전으로 확인한 다음 종합상황실로 갔다. 양 참가자의 무기 선택이 끝났다는 연락이 도착했다. 나는 시간을 확인한 다음 마이크에 대고 말했다.

"그럼 최은효 씨의 본체와 분리체 간 결투를 시작하겠습니다."

양쪽 게이트가 CCTV 화면 속에서 천천히 열렸다. 화면으로는 작은 점처럼 보이지만 똑같은 얼굴을 지닌 두 명의 여자가, 똑같은 녹색 체육복과 운동화 차림으로 양쪽 게이트에 모습을 드러냈다. 등 뒤에서 문이 닫히자 A-1게이트에 서 있던 여자가 벽에 바싹 붙으며 왼쪽으로 사삭, 움직이기 시작했다. 그녀의 손에 들린 것은 인피니트 매드니스 AK67 45구경 매그넘이었다. 최선의 선택이었다. 여자는 상대편의 무기를 확인한 다음 지그재그로 달리며 거리를 좁혀들었다.

C-3게이트의 참가자는 무겁지만 초심자에게는 쓸모가 별로 없는 검은색 쇠곤봉을 선택했다. 곤봉을 손에 든 그녀는 또 다른 자신 외에는 아무도 없는 경기장 안을 천천히 둘러보았다. 그녀는 도망치려 하지 않았고, 상대방을 향해 의연하게 걸어갔다. 그리고 잠시 후 총성과 함께 쓰러졌다.

4분 42초 만에 결투는 끝났다. 나는 매점으로 가서 고기와 할라피뇨가 가득 든 샌드위치를 주문했다. 한입 베어물자 매운맛이 입 안으로 퍼지며 혀가 얼얼해졌다. 그날 저녁에는 미국에서 온 보이밴드의 공연이 있었으므로 경기장 안을 평소보다 말끔하게 정리하고 퇴근해야 했다. 체육관은 낮 동안 결투 장소로 사용되었기 때문에 농구와 씨름 같은 스포츠는 다른 체육관으로 옮겨갔지만, 저녁에 열리는 대규모 공연들은 여전히 이 체육관에서 진행되었다. 인원 수용 문제 때문이었다. 매점의 긴 테이블에 올려둔 잔돈을 바지 주머니에 집어넣다가 바스락 소리가 나서, 여자가 적어준 전화번호가 여전히 거기 있다는 걸 알았다. 나는 처리 작업에 합류하기 위해 서둘러 발걸음을 옮겼다.

어떤 사람들이 내 직업을 경멸한다는 걸 안다. 면전에서 직접 들은 것은 아니지만 누군가가 나를 백정의 자식놈, 그 비슷한 표현으로 부른 적도 있었다. 그 사람이 불러일으키고 싶었을 모욕감이

나 감정의 동요 같은 것이 내게는 일어나지 않았다. 그가 나를 비천하게 여긴다고 해서 이 도시의 불행이 줄어들지는 않는다.

일주일에 6일 동안, 하루에 적게는 20건에서 많게는 50건의 결투를 진행하다보면 누구라도 납득할 것이다. 누군가는 이 일을 하게 되어 있다. 내가 하지 않으면 다른 사람이 하게 된다. 사람들은 계속 분열했고, 분열은 분리로 이어졌다. 분열은 암 같은 것이 아니어서 한번 시작된 것을 도중에 중단할 방법은 없었다. 분리체가 떨어져나와야 끝나는 일이었다.

그러나 실은 거기서부터 시작이었다. 한 사람이 쓰던 것을 갑자기 두 사람이 나눠 쓸 수는 없고, 자리가 하나뿐인 직장에 둘이 함께 출근할 수도 없다. 남들에게 비밀로 하면서 어떻게든 어려움을 감수하는 사람들도 있지만 대부분은 그럴 수 없다. 본성이 악하기 때문이 아니라 물리적으로 불가능하기 때문이다.

자신과 DNA가 동일한 몸을 불법적인 방식으로 처리하다 발각되면 대기환경보전법과 폐기물관리법에 따라 엄중한 처벌을 받게 된다. 국가는 늘어나는 분리체들의 생존에 직접 관여하지는 않았다. 대신 공간과 도구를 제공했고, 나머지 일들은 분열을 일으킨 시민 당사자의 책임으로 결론지었다. 다른 방법을 찾아야 한다고 말하는 사람들이 있었으나 그들도 결국 수긍할 수밖에 없었다. 나는 체육관을 찾아오는 참가자들의 얼굴에서 쉬운 선택의 흔적이나 즐거움의 자취를 발견한 적이 없었다. 한 사람 한 사람이 모두 어려운 결정을 내렸고, 복잡한 사정 속에서 숙고한 끝에 결국 이 방법을 택했다는 사실을 어렴풋이 짐작할 수 있을 뿐이었다.

결투 진행요원으로 발령받아 체육관에 들어오는 다른 모든 사람들과 마찬가지로 나 또한 경기장 바닥에서 피와 체액을 닦아내고 사체를 처리하는 일부터 시작했다. 죽은 몸, 그것도 방금 전까지 눈앞에서 움직이던 사람의 죽은 몸을 실제로 보는 일은 영화나 드라마에서 보는 것과는 몹시 다르다. 현실의 피가 더 짙고 양이 많으며, 쉽게 지워지지 않는다. 그러나 사체 처리 작업에 포함되는 다른 세세한 일들에 비하면 난이도가 특별히 높다고는 할 수 없다. 셔츠를 땀으로 적시며 마룻바닥을 문질러 닦아내다보면 참혹하다는 단어의 정의를 밑바닥까지 내려가 다시 세우는 경험을 하게 된다. 영상매체에서 왜 죽음의 전부를 보여주지 않는지 몸소 깨닫게 된다. 인간이 견딜 수 있는 자극에는 한계가 있게 마련이다.

그 작업을 좋아한 기억은 없다. 모니터를 들여다보거나 회의에 필요한 문서를 작성하면서 일할 수 있는 다른 직장들을 생각해보지 않은 것도 아니다. 다만 다른 기회가 쉽게 오지 않았고, 내가 어떤 일들을 남들보다 잘 견딘다는 사실을 비교적 일찍 깨달았을 뿐이다. 선천적인 특성인지 적응의 결과인지는 알 수 없지만 나는 분열하지 않는 종류의 사람이었고, 그것은 타인의 결투를 지켜보는 직업에 요구되는 필수조건 중 하나였다.

두 명의 최은효가 다시 온 것은 석 달 뒤였다. 그녀들의 차례 직전에 칠십대 남성 두 명의 결투가 있었다. 양쪽 모두 결투를 원하지 않는다는 사실이 분명했으나 직계가족 3인 이상이 요청했기 때문에 결투가 성립되었다. 나는 담배를 연속으로 세 대 피우고 상황실로 들어갔다. 다섯 시간 동안 승부가 나지 않으면 결투는 며칠 뒤로 옮겨져 다시 진행되고, 추가로 참가비가 발생한다. 두 명의 노인은 처음에 게이트 앞에 웅크리고 앉아 거의 움직이지 않았다. 그들은 각자 항의하고 화를 내고 두려워했지만, 결국 자신들이 싸우지 않으면 닫힌 게이트가 영원히 열리지 않는다는 사실을 받아들였고, 무기를 손에 쥐었다. 네 시간 반이 지나 두 명이던 노인은 한 명으로 줄어들었다. 보호자 대기실에서 지친 표정의 가족들이 걸어 나왔고, 살아남은 노인을 힘겹게 부축해 돌아갔다. 경기장이 정리되는 동안 담배를 한 대 더 피우고, 다른 직원들과 함께 잠시 숨을 돌린 다음 나는 다시 서류를 읽기 시작했다.

첫번째 대기실에 갔을 때 여자의 얼굴이 낯익다는 사실을 깨달았다. 지난번에는 혼자였지만 이번에는 젊은 남자와 함께였다. 석달 만이었으니 지난번 결투가 끝난 다음 곧바로 다시 분열한 모양이었다. 유순하고 다정다감한 인상을 한 남자는 얼굴이 붉어진 그녀를 진정시키려는 듯 손을 잡고 나란히 앉아 있었다.

다른 대기실에 있는 최은효는 상태가 별로 좋지 않았다. 이번에는 그녀가 질 거라는 사실과 함께 그녀 쪽이 분리체라는 사실도 뚜렷이 알 수 있었다. 체육복 밖으로 드러난 부분—손과 손목, 목, 그리고 얼굴—의 피부색이 옅었고, 머리카락에도 손상된 부분이 없었다. 땀이라고 보기엔 약간 많은 물기가 여기저기 배어나 있었는데, 본체에서 분리된 지 얼마 되지 않은 몸에 나타나는 수분 응결 현상이었다. 분리원에서 하루를 보내고 곧바로 실려온 듯했다.

그녀는 테이블 위에 기묘한 각도로 두 손을 올려놓고 있었다. 건반이 사선으로 붙어 있는 피아노를 치려는 것처럼 보였다. 분리체가 무의식적으로 보이는 전형적인 신체 반응이었다. 나는 감정을 갖지 않으려고 노력했다. 그녀의 뺨과 귀에는 세포들이 제대로 달히지 않은 부분이 있었고, 눈썹은 숱이 너무 적었다.

"혹시, 버리셨어요?"

그녀가 물었다.

"지난번에 드린 전화번호."

"아뇨, 아직 갖고 있어요."

"왜요?"

그녀의 질문이 힐난처럼 들리지는 않았지만 나는 대답할 수 없었다. 사실은 버리려고 했다. 종교를 가진 사람들이 흔히 하듯 불에 태우면서 평안을 비는 방법을 생각해보기도 했다. 어쩐지 그렇게 해야 할 것 같다는 생각이 들었다. 하지만 결국 버리지는 않았다. 누군가가 내게 그런 식으로 전화번호를 준 것은 처음이었기 때문이다. 누군가가 내게 부탁을 한 것도 처음이었다. 하지만 그런 부탁을 들어줄 수는 없었다. 그건 내 능력 밖의 일이었다.

"다시 부탁드릴게요. 친구가 되어주세요."

"죄송합니다. 그건 불가능합니다."

"그러면 안 된다는 규정이 있나요?"

"그런 건 아니지만."

"아무데도 부탁할 곳이 없어요."

목소리가 갈라졌다. 그녀는 기침을 하고는 다시 말했다.

"친구가 되어주지 않으면 저 아이는 계속 분열할 거예요. 그럼 저는 계속 여기 와야 해요."

나는 말없이 그녀의 얼굴을 보고 서 있었다.

"그러면 점점 살고 싶어질 거예요. 점점 괴로워질 거고요."

무전기가 울렸다. 나는 짧게 대답했다. 갈 시간이었다.

"지난번하고는 달라요. 지금은 조금 더 살고 싶어졌어요. 그리고 다음번에는 더 그럴 거고요. 그렇게 되고 싶지 않아요. 부탁이에요. 도와주세요."

두 명의 진행요원이 들어와 그녀를 양쪽에서 붙잡아 일으켰다. 나는 한 손으로 얼굴을 닦은 다음 종합상황실로 갔다.

결투는 십오 분이 조금 지나 끝났다. 장검을 선택한 쪽이 활을 선택한 쪽을 이겼다. 장검을 선택한 쪽은 상대방의 무기가 활인 것을 보고 십 분간을 경계와 방어에 할애했다. 활을 선택한 쪽은 화살을 메겼지만 활시위를 당기지는 않았다. 그녀는 상대방이 근접해올 때까지 자기 자리에 버티고 서 있었고, 조용히 쓰러졌다.

살아남은 최은효는 잠자리 날개처럼 바스락거리는 재질로 된 자 줏빛 원피스를 입고, 그 위에 소매가 짧은 카디건을 걸치고 있었다. 속눈썹이 길고 입술이 도톰해서, 체육관이 아닌 다른 곳에서 보니

미인이라고 할 정도의 얼굴이었다. 그녀는 나를 기억하지 못했다. 그녀 입장에서는 경기장에서 언뜻언뜻 스친 얼굴을 기억할 이유가 없었으므로 당연한 일이었다. 나는 화제를 빙빙 돌리며 우회해서, 혹은 간접적으로 말하는 방법을 잘 알지 못했으므로 또 한 명의 그녀가 한 말들을 그대로 전했다.

"점점 더 살고 싶어지는 게, 괴로워서 싫다."

그녀는 확인하듯 내 말을 되풀이했다. 그녀의 경계심이 의아함으로, 나라는 낯선 사람을 이해하고자 하는 마음으로, 다시 당혹스러움으로, 희미한 동정심으로 변하는 게 보였다. 그녀의 얼굴이 붉어졌다. 자신의 분리체에게 동정심을 드러냈다는 사실 때문에 수치심을 느끼는 것 같았다.

"하지만 그렇다면, 나를 죽이면 되잖아요."

그녀가 테이블을 내려다보며 말했다.

"처음부터 총을 골랐다면 간단했을 텐데. 방아쇠를 당기기만 하면 되잖아요. 제대로 공격하지도 않았으면서, 왜 그런 말을 하는 거죠. 그것도 아무 상관없는 사람한테요. 비겁해."

그녀의 얼굴이 조금 더 붉어졌다.

"솔직히, 제가 두번째 결투 때 칼을 고른 거요, 그거 일부러 그런 거예요. 총이라면 금방 끝났겠지만, 그 순간에는 정신이 나간 것처럼 개가 밉고, 더 잔인하게 죽이고 싶다는 생각이 들더라고요. 끔찍하죠? 저도 지금은 끔찍하다고 생각해요. 특별히 잔인해져야 하는 이유도, 필요도 없었다고 생각해요. 그런데 그날은 그랬어요.

정신을 차릴 수가 없었어요."

"호르몬 때문에 분리 직후에는 원래 그렇다고 들었습니다. 생리적인 현상이라고요."

"그런데요, 왜 저만 그랬던 걸까요? 그쪽이 보시기에도, 개는 저를 죽이고 싶지 않은 것 같았죠?"

내가 보기에는 두 번 다 그랬다. 살의를 지닌 것은 내 눈앞에 앉아 있는 그녀였고, 다른 그녀에게는 공격 의지가 없었다. 하지만 대답하기에는 분위기가 조금 미묘하다고 느꼈다. 그녀는 컵을 집어 들고 물을 한 모금 마셨다. 조금 생각하고, 몇 모금 더 마시고, 다시 조금 생각하다 입을 열었다.

"친구라는 건 어떻게 되는 거예요?"

그녀는 내 얼굴을 물끄러미 쳐다보며 묻고는, 저는 친구를 사귀어본 적이 없어요, 하고 덧붙였다.

저도요, 나는 조그맣게 중얼거렸다.

"그쪽하고 친구가 되지 않으면 정말 제가 또 분열할까요?"

"모르겠습니다."

"하지만 그런 이상한 말을 들으셨으니, 역시 불편하셨겠네요. 일하는 데도 지장이 생기셨을 테고요."

나는 잠시 생각해보았다. 일하는 데 특별히 지장이 있을지 확실하지 않았다. 다만 그녀가 반복적으로 분열하는 타입이라면 몇 달에 한 번씩 결투를 되풀이하게 될 텐데, 그건 정신적으로나 육체적으로나 좋은 일은 아닐 거라는 생각이 들었다. 내가 그렇게 말하자,

104

그녀는 담배를 한 대 꺼내 불을 붙이고 빨아들인 다음 연기를 내뿜었다.

"2년 동안 같이 살았어요. 남편이랑, 저랑, 걔랑 셋이서요."

"그러셨군요."

"처음 보는 분한테 불편한 얘기를 하게 되네요."

"별로 불편하지는 않은데요."

"이해심이 많으시네요."

나는 어떤 이야기가 불편하고 어떤 이야기가 불편하지 않은지 알 만큼 타인과 대화라는 것을 해본 적이 없었다. 그녀는 웨이터를 불러 와인 한 병을 주문하고는 이야기를 계속했다.

죽이고 싶다는 생각은 별로 안해봤어요. 그냥 좀 이상했을 뿐이죠. 나랑 똑같이 생긴 몸이 말을 하고, 움직이고, 밥도 먹고 하는 걸 봤으니 이상할 수밖에요. 내 취향과 기억을 공유하고, 말투라든가 사소한 버릇 같은 것들도 똑같은 몸이 나한테서 떨어져나왔고, 숨을 쉬는데, 사람이 아니라니. 정말 묘했어요. 남편은 기분이 나쁘다면서 결투를 권했지만, 저는 별로 그러고 싶지 않았어요. 어쩐지 못할 짓 같았거든요. 걔를…… 어떤 사람들이 말하는 것처럼 그냥 단백질 덩어리라고 생각할 수는 없었던 것 같아요.

분열한 적이 없으시다고 했죠? 첫 분리 때 다들 한번씩 해보는 생각이 있어요. 혹시 저게 본체고 내가 저 몸에서 떨어져나온 분리체가 아닐까? 웃기죠. 근데 그걸 처음 보면 그 순간에는 정말 그런 생각이 들거든요. 분리라는 게 자는 동안에, 의식이 수면 상태에 접어들어야 일어나는 거잖아요. 누구도 자기 몸이 분리되는 걸 직접 볼 수는 없어요. 전 나중에 동영상으로 촬영한 걸 봤는데, 글쎄요, 그게, 잘 모르겠는 거예요. 저는 분리선이 배에 있었거든요. 그 부분이 커다랗게 부풀어 오르더니 사람 모양으로 변해가는데…… 굉장히 빠르더군요. 동영상을 보니, 침대 위에 알몸으로 누워 있는 건 분명히 제가 맞았어요. 하지만 아침에 눈을 떴을 때는 증거가 없잖아요. 내가 떨어져나온 건지, 쟤가 떨어져나온 건지. 침대에 내 이름과 번호가 붙어 있긴 했지만 그런 건 얼마든지 바꿀 수 있는 거잖아요. 분리원에서는 자연스러운 혼란이라고 했지만, 하여튼 그런 기분이어서, 죽이자니 좀 찜찜했던 것 같아요. 다들 그 찜찜한 기분 때문에 자연스럽게 결투를 결심하게 된다던데, 저는 딱히 그렇게까지는…… 걔가 나한테 해를 끼치지만 않는다면 같이 살아도 되지 않나, 그냥 단순하게 그렇게 생각했어요.

집이 너무 넓다는 이유도 있긴 했어요. 그때는 서울에 살지 않았거든요. 서울만 포기하면, 경기도 외곽에서는 같은 값에 훨씬 큰 집을 구할 수가 있거든요. 점점 살기가 힘들어져서 어렵게 마음먹고 바깥으로 나간 건데, 방 다섯 개에 화장실 네 개, 거실에선 축구를 해도 될 정도였으니 남편이랑 둘이 살기엔 집이 좀 지나치게 휑했죠. 남편은 통근버스를 타고 서울로 출근했는데, 저는 집에 혼자 있으려니 더 그렇기도 했어요. 개나 고양이를 키워볼까 생각도 해봤지만, 남편이 털 알러지가 심해서요. 아이를 낳는 건 상류층이나 하는 일이고…… 그래서 이왕 방도 남는데 개한테 하나쯤 줘도 괜찮겠지 싶었어요.

집으로 데려와서 첫 한 달은 아무 말도 하지 않더군요. 우리를 굉장히 경계하는 것 같았고, 자기 방에서 나오지도 않았어요. 잘 씻지도 않고, 하루 종일 멍하니 누워 있다가 음식을 보면 기계적으로 먹고, 바로 잠들고. 솔직히 그때는 진짜로 좀 단백질 덩어리 같더라고요.

그래도 제가 신경을 많이 썼어요, 챙겨주기도 했고. 저랑 입맛이 똑같으니까 제가 좋아하는 음식을 많이 해줬죠. 그러다보니 조금씩 표정이 풀리면서 마음을 열더군요. 얹혀살고 있다는 생각이 들었는지 집안일도 도와주려고 했고요.

전 그때까지 제가 왜 분열했는지, 왜 개가 제 몸에서 떨어져나왔는지 몰랐거든요. 예민한 사람들이 분열하기 쉽다던데 전 별로 예민하지도 않았고, 성격이 긍정적이라는 말도 꽤 듣는 편이었어요. 아무리 생각해도 살면서 힘든 일은 별로 없었던 것 같고요. 분리원에서는 모르는 게 정상이라고, 아는 사람이 극히 소수라고 하더라고요. 그런데요, 개가 말을 하기 시작하고, 같이 지내다보니까 어느 정도는 짐작이 됐어요. 어느 날인가부터 그렇던데요.

사실은 굉장히 사소한 것들이었어요. 밤에 자다보면 누가 문을 두드릴 때가 있잖아요. 길에 사는 분들요. 서울만큼 많지는 않은데, 그 동네에도 그런 분들이 있더라고요. 저나 남편이나 신고할 만한 성격은 아니었어요. 사실 일일이 신고하기에는 너무 많았고요. 그

냥 그런가보다 하고 쭉 살아서, 자다가 누가 문을 두드려도 신경
쓰지 않고 다시 잠들곤 했거든요. 그런데 어느 날부터 개가, 자다
가 깨서는 우리를 깨우는 거예요. 소리 때문에 잠을 잘 수가 없다고,
문을 열어봐야 되는 거 아니냐고 하더군요. 집에서 가족들한테 쫓
겨난 할아버지나 할머니면 어떻게 하느냐고 하는 거예요.

　열어보기 전에는 알 수가 없잖아요. 나쁜 마음을 먹은 강도나 도
둑인지, 진짜로 가족들한테 쫓겨난 할머닌지. 그래서 열어보면 안
되는 거잖아요. 그런데 개는 알 수가 없으니까 열어봐야 한다고 생
각하는 모양이었어요. 남편은 약간 화를 냈고, 저는 개를 붙잡고
잘 알아듣게 설명을 했죠. 정말로 딱한 사연이 있는 분들은 문 밖
에서 도와달라고 얘기를 하잖아요. 저희도 몇 번 문을 열어주고 먹
을 걸 나눠드린 적이 있거든요. 그랬다가 그분들이 매일같이 찾아
오셔서 곤란했던 일이 있었어요. 그때 알았어요. 분리될 때 기억이
똑같이 옮겨지는 게 아니라는 걸요. 개는 그런 걸 기억 못했거든요.

　같이 장을 보러 간 적이 있었어요. 마트에서 저는 고기와 생선과
야채를 사고, 개는 샴푸랑 휴지 같은 걸 골라서 계산대에서 만나기
로 했어요. 그런데 아무리 기다려도 오지 않아서 가보니까, 개가
샴푸 코너에 가만히 서 있는 거예요. 왜 그러느냐고 물었더니 샴
푸 하나를 들어 보이면서, 이 회사는 잔인한 동물 실험을 하는 곳
인데…… 그렇게 중얼거리더군요. 제가 그 옆에 있는 샴푸를 집어
들었더니, 그 회사도 마찬가지라는 거예요. 그러더니 이런 마트에
서 뭘 사면 안 되는 거 아니냐고 하더군요. 마트를 운영하는 기업

에서 옛날에 무슨 일이 있었다고. 집에는 샴푸가 다 떨어졌고, 그럼 어디서 사야 하느냐고 물었더니 대답을 못해요. 그때 이게 좀 심각한 문제구나, 싶었어요. 남편한테는 말하지 않았지만 그다음부터 장은 혼자 봤어요.

지금 이런 데 있잖아요. 이런 데 오면 걔는 이 와인 바가 있던 자리에 뭐가 있었는지를 생각했어요. 여기랑은 다른 가게가 있었겠죠. 장사가 안 되니까 문을 닫았을 테고요. 그런데 걔는 그걸 자연스럽게 받아들이지 못하는 거예요. 새로 생기는 것만 보면 뭔가 안 좋게 생각하는 것 같았어요. 한번은 물어봤어요. 너는 모든 게 변하지 않고 그 자리에 있었으면 하느냐고요. 그렇지는 않지만, 뭐가 자꾸 없어진다고 생각하면 이상한 기분이 든다고 하더군요. 그렇다고 그것들이 없어지지 않게 걔가 뭘 어떻게 할 수 있는 것도 아니잖아요.

그런 식이었어요. 좀 심하게 말하자면, 가족끼리 오랜만에 고기를 먹으러 간 사람한테 당신이 지금 드시고 계신 소는 이렇게 도살되었습니다, 하고 소 잡는 영상을 보여주는 식이랄까요. 설탕 한 알을 놓고도 옳은가 그른가, 먹어도 되는가를 따져보는 아이였어요. 몸 구조가 달라서 그런 모양이더라고요.

그런데요, 이것도 좀 이상한 건지 모르겠는데, 별로 기분이 나쁘지는 않았어요. 잘 생각해보니까 분열하기 전에 문득문득 그런 생각이 스치곤 했던 것 같아요. 이래도 되는 건가? 이거 사도 되는 걸까? 여기 와도 되는 걸까? 뭐 이런 순간적인 생각들이요. 그러니까 속으로만 했던 그런 아주아주 희미하고 옅은 생각들이 모이고 뭉쳐서 걔한테 들어간 것 같아요. 신기하죠. 저는 그런 것들을 깊이 생각해볼 만한 여유도 없었고, 그것 때문에 특별히 마음이 괴롭다거나 한 적도 없었거든요. 그런 식으로 피곤하게 사는 사람들을 몇 번 본 적은 있어요. 그냥 그렇구나, 싶었죠. 제 몸속에 그런 생각들이 들어 있을 거라고는 상상해본 적이 없어요.

뭐랄까, 그게 제 몸속에 있고, 그 사실을 제가 알고 있었다면 정말 괴로웠겠죠. 매번 도살된 소를 떠올리면서 고기를 어떻게 먹겠어요. 그런데 일단 제 몸에서 분리돼 나온 존재가 그러니까, 그건 또 그렇게 괴롭지는 않더라고요.

물론 저는 다른 사람을 판단해 버릇하는 사람을 별로 좋아하지는 않아요. 가끔씩 걔가 너무 심하게 굴면 짜증이 날 때도 있었죠. 하지만 뭐, 그런 사람은 그렇게 사는 거고, 사람은 각자 다른 거잖아요. 재미있다고 할까, 안타깝다고 할까, 그런 생각은 좀 들었지만 걔가 제 인생에 큰 영향을 미치는 건 아니잖아요. 걔가 주민등록번호가 있는 것도 아니고, 생활비를 벌 수 있는 것도, 어디 가서 사람으로 인정받을 수 있는 것도 아니니까, 전 그냥 이해해주기로 했어요. 가끔 개랑 얘기하다보면 신문을 읽는 것 같다는 기분도 들었어요. 내가 생각하지 못하는 부분을 쟤는 생각하고 있구나, 싶기도 했고. 반대로 걔가 생각하지 못하는 부분들도 있으니까 제가 설명해줄 때도 있었죠. 왜 그런 식으로 기억에 차이가 생기는 건지 좀 궁금해요. 얘기를 나눠보지 않았다면 저도 아마 모르고 그냥 지나쳤을 테니까요.

그런 게 친구라고 할 수 있을까요? 하지만 사람이 아니잖아요. 굳이 구분하자면 가족이라고 할 수 있을지는 모르겠지만, 가족이랑 친구인 사람은 없잖아요. 제 남편만 해도 굉장히 좋은 사람이긴 하지만, 저랑은 절대 친구가 될 수 없는 스타일인데요. 그걸 서로 알고 인정하니까 같이 살 수 있는 거죠. 사실 경제적인 부분을 빼면 서로의 인생에 별로 영향을 미치지 않으니까요. 영향이 컸다면 같이 살 수 없었겠죠. 전 그냥 그렇게 살고 싶었어요. 셋이서, 조곤조곤 얘기를 나누면서. 남편은 개를 별로 좋아하지 않았지만 견디지 못할 정도는 아닌 것 같았고, 가사 분담을 둘이 하다 셋이 하니까 좋은 점도 있었거든요.

그런데 남편 회사가 이사하면서 거리가 멀어져서, 어쩔 수 없이 다시 서울로 들어와야 하는 상황이 됐죠. 전셋값이 무지무지하게 올라서, 우리가 가진 돈으로 방 셋 이상인 집을 구하기는 무리더라고요. 그동안 개 때문에 들어간 비용도 무시할 수 없었고요. 남편은 선택을 하라고 했어요. 그 결정이 금방 내려지지는 않았죠. 같이 보낸 시간이 있었으니까요. 하지만 아무리 생각해봐도 방 둘짜리 집에 세 명이 사는 건, 글쎄요.

솔직히, 유전자만 같지 않으면 그냥 내쫓아버렸을지도 모르겠어요. 그런 생각도 안해본 건 아니에요. 하지만 범죄자가 되는 건 싫었어요. 그게 저의 마지막 양심이었는지도 모르겠네요. 그래서 결국 결투를 하기로 했죠. 그렇게 마음을 정하고 나니 긴장이 되더군요. 내가 일방적으로 죽이는 게 아니잖아요. 정정당당하게 목숨을 걸고 싸우는 거고, 내가 죽을 수도 있다고 생각하니까 자연스레 개한테서 거리를 두게 됐어요. 쟤가 정말 나한테서 나온 거라면 살려고 할 거다, 최선을 다해 싸워서 자기 목숨을 쟁취할 거다, 그렇게 생각하니까 미안하다는 생각은 들지 않았어요. 사실 미안해할 일이 아니잖아요. 얼굴 붉힐 일도 아니고요.

개가 그런 식으로 나오지 않았으면 미워하게 되지는 않았을 텐데. 전 당연히 개도 총을 고를 거라고 생각했거든요. 그런데 개가 곤봉을 든 걸 보고, 갑자기 정신이 번쩍 들면서 기분이 나빠졌어요. 나만 나쁜 사람이 된 것 같잖아요. 왜 자진해서 불리한 무기를 고르는 거죠? 생각해보니까 개는 항상 그런 기분이 들게 하는 애였어요. 아슬아슬하게 숨기고 있었는데, 무기 고르는 데서 자신도 모르게 본색을 드러낸 거죠. 자기가 나보다 낫다고 생각한 모양이죠. 어쩌면 어떤 면에서는 사실일지도 몰라요. 하지만 그쪽한테 했다는 말을 들으니 별로 기분이 좋지는 않네요. 개가 저를 불쌍하게 생각하고 있었다는 건 몰랐어요. 어쨌든 이제 다 끝난 얘기지만요.

이야기가 끝났을 때는 와인 한 병이 다 비어 있었다. 그녀는 두 번째 분열이 일어난 이유에 대해서는 말하지 않았다. 조금 궁금했지만, 나는 묻지 않았다.

그녀가 화장실에 갔을 때 잠시 생각해보았다. 나는 불편한가? 불편하지 않은가? 이해할 수 있는가? 나는 약간 얼떨떨했다. 어떤 판단 같은 것을 할 수는 없을 듯했다. 그녀는 왜 내게 그런 이야기를 한 것일까? 나는 '영향을 미친다'는 말의 의미에 대해 생각해보려 했다. 하지만 더 이야기를 하기에는 시간이 너무 늦어 있었고, 내 생각은 거기서 끊겼다. 시간이 되면 조만간 다시 만나 식사와 차를 함께하기로 하고, 나는 최은효와 헤어져 집으로 돌아왔다.

그 뒤로 그녀에게서는 연락이 오지 않았다. 먼저 전화를 걸어볼까 싶었지만, 남편이 있는 사람이어서 곤란할지도 모른다는 생각이 들었다. 낯선 사람에게 본의 아니게 솔직한 이야기를 해버린 그녀가 더 이상 나와 알고 지내고 싶지 않다고 판단했을 수도 있었다. 살아가다보면 여러 가지 일들이 있기 마련이었고, 그 가운데 존재하거나 일어나는 이유를 명확히 알 수 있는 일들은 극히 적었다.

그다음 주에 M이 사흘간 결근해서 나는 두 배로 바빠졌다. 사흘 후 그는 CD 몇 장을 가져와 내 책상에 올려놓았다. 포 시즌 메이플 리브스의 새 앨범도 끼어 있었다. M은 어딘가 아팠는지 얼굴이 별로 좋지 않았다.

휴일에, 체육관이 아닌 곳에서 M을 꼭 한 번 본 적이 있었다. 그가 내게 좋은 스피커를 고르는 법을 가르쳐주겠다고 했고, 우리는 어느 전자상가에서 만나기로 했다. 그런데 약속 장소를 각자 잘못 알고 있어서 그는 16층의 수입전자제품 매장으로, 나는 지하 3층의 음향장비 매장으로 향했던 것 같다. 약속 시간에서 십 분이 지나고, 삼십 분이 지나갔다. 나는 M에게 어떤 사정이 있을 거라고 생각했기 때문에 전화를 걸지 않고 지하 3층의 다른 매장들을 둘러보며 묵묵히 기다렸다. 한 시간이 지났을 때 조금 지루하다는 생각이 들었다. 두 시간이 지나 지하 3층으로 내려오는 그를 보았다. 표정으로 보건대 그도 나를 찾을 목적으로 내려온 것이 아니라 단지 한 층 한 층 둘러보며 시간을 보내면서 내 전화를 기다리던 중이었음을 알 수 있었다. 우리는 서로의 얼굴을 보며 웃었고, 나는 그날 좋은 스피커를 샀다. M은 내게 집에서만 듣지 말고 꼭 넓은 공연장에 가서 다른 사람들과 함께 음악을 들어보라는 말을 덧붙였다.

우리는 각자 다른 장소에서 보낸 두 시간에 대해서는 변명하지도 추궁하지도 않았다. 나는 그때 M이 나와 비슷한 종류의 사람이라는 걸 알았다. 그도 나도 모서리를 둥글게 깎아낸 정사각형 같은 영혼을 지니고 있었다. 타인의 사정을 함부로 판단하거나, 관계가 있는지 확실하지 않은 두 가지를 임의적으로 연결해서는 안된다는 자각이 네 개의 둥근 모서리에 주기적으로 배어나왔다. 모서리가 둥근 정사각형을 닮은 영혼은 그냥 둥근 영혼과는 달랐다. 정확히 어떻게 다른지는 알 수 없었지만 그 차이 때문에 같은 건물 안에서 두 시간 동안 만나지 못해도 아무 일도 일어나지 않는 경우가 생겼던 것 같다. 생각해보니 체육관에서 일하는 동료들에겐 모두 조금씩 그런 면이 있었다.

나는 매일 결투가 시작되기 전에 삼십 분간, M이 가져온 CD들을 하나씩 번갈아 틀어놓았다. 아무도 없는 경기장에 달콤한 목소리가 울려퍼졌다. 결투와 결투 사이에는 틀 수 없었지만 그 정도로도 좋았다. 체육관의 많은 직원들이 내게 웃어주었다.

새로운 무기들이 들어왔다. 크림슨 레드 VK 616 44구경, 앨리스 미츠 그린 M1948 퍼커션 아미 리볼버, 루나틱 대거 426 D-1, 중국식 표창 두 종류, 16세기 조선형 철퇴 한 종류, 그리고 여섯 종류의 탄환. 수량을 점검하고, 제대로 작동하는지 확인한 다음 광을 낼 것은 광을 내고 기름을 먹일 것은 기름을 먹이는 작업만으로 하루가 빠르게 지나갔다. 어떤 사람들은 서울에 있는 무기가 더 괜찮을 거라는 막연한 생각으로 멀리서 이 도시까지 찾아와 결투를 한다. 하지만 결투에 사용되는 열두 종류의 무기는 주기적으로 바뀔 뿐 전국 어디서나 동일하다.

무기와 관련된 정보는 철저히 비밀에 부쳐진다. 하나하나가 법에 의해, 그리고 사람들의 의견을 반영해 선별되어 체육관까지 실려온 무기들을 보고 있으면 그 비밀들을 만들고 고르고 토의하고 운반하는 과정에 참여한 미지의 사람들을 떠올리게 된다. 분열을 경험해본 적 없는 사람에게는 도착적인 쾌락의 한 형태로 보일지 모르는 표창 하나가 여기까지 무사히 도착하게 하는 일에 내가 알지 못하는 수많은 사람들의 생업이 걸려 있었다.

참가자들은 게이트 바로 옆에 마련된 무기실에서 은쟁반에 놓인 열두 종류 가운데 하나를 고르게 된다. 나는 내가 그 은쟁반과 닮았다고 생각하곤 했다. 그다지 아름답다고 할 수는 없는 일에 사용되는 것들을 받치고 있었지만 나는 쉽게 우그러지거나 뒤틀리지 않았다. 탄환이 어떻게 몸을 꿰뚫는지, 철퇴가 어떤 식으로 두개골을 바스러뜨리는지 알고 있었지만 탄환과 철퇴가 등장하는 악몽을 꾸지는 않았다. CCTV 화면 속에서 움직이는 몸들을 보고 있으면 가끔 참가자의 한쪽 팔이 다른쪽 팔보다 기이하게 길어 보이거나, 무릎이 꺾여서는 안 되는 방향으로 꺾인 것처럼 보인다며 일을 그만두는 직원들도 있었다. 거꾸로 서서 머리카락으로 걷는 사람을 보았다고 한 후배도 있었다. 나도 그 비슷한 것을 본 적이 있다. 눈의 피로 때문에 나타나는 현상이다. 그런 것을 보면 한동안 잔상이 떠오르지만 특별히 무언가가 느껴지지는 않았다.

이런 이야기를 굳이 남에게 해본 적은 없었다. 이해받을 수 있을 거라는 생각이 들지 않아서였다. 세상 사람들의 절반 이상이 분열과 분리를 경험하고, 그중 절반 이상이 결투를 하지만 자신의 결투에 대해 말하는 사람을 실제로 본 적은 없었다. 최은효가 처음이었다.

어느 날 내가 최은효에 대해 생각하고 있다는 걸 알았다. 그녀가 예외적인 사람인지는 알 수 없었다. 나는 일반적인 의미에서 다양한 사람들을 만나봤다고는 할 수 없었기 때문이다. 그녀가 나를 이해할 수 있을 거라는 생각 또한 들지 않았다. 하지만 CCTV 화면 속에서 싸우는 사람들을 보는 동안 문득문득 그녀의 안부가 궁금해지곤 했다. 다시, 분열했을까? 내가 궁금해하는 것이 두 명의 그녀 중 어느 쪽의 안부인지는 분명하지 않았다. 하지만 함께 식사를 하고, 차를 마시고 싶다는 생각이 들었다. 함께 음악을 듣고 싶기도 했다. 몇 달이 지난 어느 날 나는 결국 그녀에게 전화를 걸었다.

"공연 정말 좋았어요. 덕분에 즐거웠어요."

그녀는 지난번과 똑같은 자줏빛 원피스와 카디건 차림이었다. 하지만 얼굴은 조금 달라져 있었다. 내 기분 탓이었는지도 모르지만 피부가 예전보다 창백했고, 웃고 있었지만 표정도 어딘지 모르게 약간 침울해 보였다.

그녀는 지난번에 갔던 와인 바를 기억하지 못했다. 우리는 새로 생긴 것으로 보이는 다른 바에 갔다. 와인을 마시며 방금 보고 나온 공연에 대해 얘기했다. 리드보컬 샌디 모런이 불던 하모니카에 대해, 원래는 그녀가 그렇게 어쿠스틱한 분위기의 노래를 부르지 않았다는 것에 대해, 그녀를 제외한 밴드 멤버 네 명이 모두 교체되었다는 사실에 대해, '포 시즌 메이플 리브스'라는 밴드명에 대해. 그 밴드명은 공연을 보러 온 관객들의 손가락을 보고 샌디 모런이 지은 이름이라고 그녀가 알려주었다. 샌디는 공연장에서 노래를 들으며 환호하는 관객들의 손이 세상에서 가장 사랑스러운 것들 중 하나라고 생각했고, 거기서 계절과 상관없이 생생한 빛깔로 흔들리는 단풍잎들을 보았다.

나는 그 이야기를 들으며 테이블 위에 비스듬히 놓인 최은효의 손을 보고 있었다. 그러다 문득 내가 테이블 아래 놓인 그녀의 다른 손을 의식하고 있다는 사실을 깨달았다. 내 앞에 앉은 그녀가 건반이 사선으로 붙은, 세상에 존재하지 않는 피아노를 연주한 다면 몹시 근사해 보일 것 같았다. 하지만 그녀는 한쪽 손을 마저 테이블 위에 올려놓지는 않았다. 그날 자리에서 일어날 때까지 그 랬다.

공연 얘기를 먼저 꺼낸 것은 그녀였다. 전화로 좋아하는 계절과 와인과 아이스크림과 고양이 얘기를 하다가 재즈와 포크와 모던 록으로 화제가 흘러갔다. 그 대화는 어째선지 매끄럽게 이어지지 않았다. 하지만 결국 그녀의 입에서 그 밴드의 이름이 흘러나왔을 때는 반가움이 앞섰다. 내한공연이 있는데 보고 싶다고 그녀는 말 했다. 같이 갈 사람이 없는 모양이었다. 공연 장소가 내가 일하는 체육관이라는 사실을 알게 되었을 때 잠시 기묘한 기분이 들었지만, 괜찮을 거라고 생각했다. 그녀의 목소리가 무척 밝았기 때문이다.

공연은 달콤했고, 황홀했다. 나는 넓은 공연장에서 듣는 음악은 좁은 방에서 듣는 것과는 정말로 전혀 달랐다고 말했다. 그녀는 사 람들 하나하나의 숨소리와 몸의 움직임이 저마다 다른 음색을 지 닌 악기처럼 느껴졌다고 했다. 그녀가 가본 다른 공연장들, 카페와 술집들에 대해서도 말했다. 나도 내가 가본 곳들을 그녀에게 알려 주었다. 우리는 이 도시를 채운 작은 공간들의 따스함과 큰 공간 들의 활기, 새로운 것들의 눈부심과 사라지는 것들의 애틋함에 대 해 이야기했다. 맛있는 음식들에 대해 이야기했다. 작고 보드랍고 위안이 되는 것들에 대해 이야기했다.

그러나 그녀는 그동안 어떻게 지냈는지 이야기하지 않았고, 나는 공연을 보며 떠올린 어떤 생각에 대해 이야기하지 않았다. 그건 내가 불과 한 시간 전 핏자국을 닦아낸 자리에 사람들이 쏟아져 들어왔고, 그들이 허공에 뿌려대는 손가락들이 샌디 모런의 말 그대로 생생하게 살아 흔들리는 수천수만 장의 단풍잎들처럼 보였으며, 똑같은 공간에서 펼쳐지는 그렇게 몹시 다른 풍경이 너무 아름다워서 갑작스레 세상의 모든 것이 슬프게 느껴졌다는 생각이었다.

  와인 한 병이 거의 비었을 때 그녀가 물었다.

  "결투 진행요원이라고 하셨나요?"

  "네."

  "저도 최근에 결투를 했거든요. 아까 거기 말고 다른 곳에서요."

  "그러셨군요."

  "그런데 제 전화번호는 어떻게 아신 거예요?"

  나는 그녀의 얼굴을 들여다보았다. 내가 대답하지 않자 그녀는 보일 듯 말 듯한 웃음을 지으며 조금 망설이다가, 내 눈을 보며 물었다.

  "잘은 모르겠지만 이렇게 된 거, 친구로 지낼래요?"

  나는 눈을 감은 채 바닥에 누워 있던 그녀의 얼굴을 떠올렸다. 장갑을 낀 손가락 사이로 흘러내리던 따뜻한 뇌수의 감촉이 되살아났다. 눈을 뜨고 웃고 있는 그녀의 얼굴을 볼 수 있다는 건 진심으로 다행스러운 일이었다. 그러나 나는 그녀와 마주보고 웃으면서도 자꾸만 한 가지 생각에 집착하게 되었다. 그녀의 몸속 어딘가에서 몇 번인가 일어났고 또다시 일어날지도 모르는 기억의 낯선 분배 방식을 나는 이해할 수 없고, 앞으로도 결코 이해할 수 없으리라는 사실 말이다. 전에는 이상하지 않던 것들이 이상하게 느껴진 건 아마 그때부터인 것 같다.

분열 초기 증상은 묘하게도 임신 초기 증상과 정확히 일치해서 남자들에게는 특별한 경험이 되기도 한다. 헛구역질이 나고, 입 안에 침이 고이며, 음식 냄새를 견디기 어려워진다. 나는 며칠간 증상을 지켜보다가 체육관 근처의 약국에 가서 키트를 샀다. 옷을 갈아입다가 오른쪽 허벅지 바깥쪽을 따라 기다란 흉터처럼 생긴 옅은 갈색 분리선이 이미 나타나기 시작한 것을 보았지만, 그것만으로는 믿을 수 없었다. 믿고 싶지 않았는지도 모른다.

길쭉한 스틱 모양으로 생긴 키트에는 임신 진단 키트와의 혼동을 막기 위해 '∞' 마크가 선명하게 돋을새김되어 있었다. 키트의 끝에 소변을 적시고 판정창에 무늬가 나타나기를 기다리고 있을 때 화장실 문을 노크하는 소리가 들렸다. M이었다.

"안에 있어? 다음 참가자 도착했는데."

금방 갈게, 나는 대답했다. 녹색 체육복을 입은 두 명의 나를 차례로 만나고, 게이트로 인도하는 M의 모습을 나는 가만히 상상해 보았다. 바닥에 흩어진 나의 일부를 누군가가 수습해야 한다면, 그가 해주었으면 좋겠다는 생각이 들었다. 그리고 거의 동시에 그럴 수는 없다는 생각도 들었다.

M은 좋은 사람이고 어쩌면 나 또한 그에게 나쁘지 않은 사람일지 몰랐다. 그렇기를 바랐다. 하지만 나는 아마도 다른 체육관에 가서 차례를 기다리고, 시간이 되면 자리에서 일어날 것이다. 문을 향해 걸어갈 것이고, 칼을, 활을, 철퇴를, 혹은 총을 집어 들 것이다. 여기서는 안 된다. M이 있는 곳에서는 할 수 없다. 우리는 서로를 알지 못하기 때문이다.

판정창에 두 개의 굵고 진한 푸른색 선이 떠올랐다. 키트를 휴지통에 집어넣고, 나는 자리에서 일어났다.

누군가가 필요했다. 하지만 괜찮았다. 견딜 만했다. 아직은.

삼인구성의 가정식 레시피

이 홍

서울은 대한민국의 수도이다.

위도 37.6도 경도 127.0도에 위치한다.

서울 시민은 대략 1000만 명이다.

그런 서울은 605.27제곱미터의 땅을 꽉 채우고 있다가 일 년에 두 번,

삼 일 연속 쉬는 날을 맞으면 그 많은 것들을 떠나보내기 바쁘다.

그런 후에.

텅 빈 도로들 위로 흘리고 간 1000만 개의 붉은 가로등이 켜진다.

1978년 서울에서 태어났다. 2007년 장편소설 『걸프렌즈』로 오늘의작가상을 받으며 등단했다. 장편소설 『성탄 피크닉』이 있다.

1

사내 휴게실 테이블에 앉아 있던 당신은, 가로 길이가 평균 이상으로 길어서 탐욕스러워 보이기도 하는 두툼한 입술에 침을 발랐다. 항간을 들썩이게 할 이슈가 없던 날이다. 누군가 한 명은 말썽을 일으키기 마련인 회식이 전날 있었던 것도 아니고 국외에서 위상을 떨치는 운동선수의 대단한 활약도 없었고 웬일인지 사내 불륜 같은 가십거리조차 잠잠한 오후였다. 이런 날이면 으레 그렇지만 오후 세시 반의 사내 휴게실에선 회사 인근 식당들에 대한 품평이 오가고 있었다. 음식 얘기였다. 누군가 건물 지하의 가정식 백반집에서 얼마 전부터 조미료를 한 됫박씩 넣는 게 아니냐고 불평하자마자 다른 누군가가 길 건너편에 새로 생긴 대구탕집의 대구

탕에서 비린내가 난다고 맞받아쳤다. 연이어 누군가가 한우만 판매한다고 플래카드를 내건 뒷골목 고깃집에서 은근슬쩍 미국산 소고기로 바꾼 것 같다고 속닥였다. 그러자 또 다른 누군가가 이내 경청하던 당신을 지목하며 "김대리, 집들이는 언제쯤 하나?" 하고, 엉뚱한 방향으로 마무리를 지으려 했다.

마침 당신의 휴대폰으로 문자메시지가 들어와서 열어보니 아내가 보내온 문자메시지였다. 주위에서 당신의 어깨 너머로 휴대폰 액정을 엿보던 동료들이 야유인지 부러움인지 알 수 없는 모호한 탄성을 내질렀다. 휴게실 안이 19금 성인만화를 돌려보는 고교생 교실처럼 부쩍 소란스러워졌다. 머쓱해진 당신은, 아내의 문자메시지를 내린 손가락으로 끈끈해진 관자놀이를 긁적였다. "역시 땡잡았어, 김대리." 불시에 누군가 그렇게 내뱉자 아직 미혼인 입사 2년 후배가 "차차 비법 좀 전수해주십쇼" 하고 너스레를 떨었다.

곧잘 듣게 되는 소리였다. 주위 동료들 중 열에 여덟은 당신과 마찬가지로 맞벌이부부였다. 그들은 퇴근하고 집으로 돌아가면 밥알이 탱탱하게 살아 있는 밥과 따뜻한 국은커녕 피로에 지친 아내의 눈치가 보여서 라면 하나조차 끓여달라지 못하는 형편이라고 했다. 그러니 이게 다 당신의 아내 때문이랄 수 있겠다. 물론 당신의 아내는 꼬리 아홉 달린 구미호도 아니고, 빨간 망토 휘날리며 구름 사이를 질주하는 슈퍼우먼도 아니며, 나팔꽃 모양의 치맛자락이 바람 한 점에 뒤집힐 적마다 야릇한 미소를 지어 보이는 마릴린 몬로는 더더욱 아니다. 그런데도 당신의 아내와 사는 당신은 '땡

잡은 놈'이나 '복 터진 놈'으로 통했다. 이유는 오직 한 가지이다. 당신의 아내가 퇴근하고 집으로 돌아와서 요리를 한다는 것, 퇴근하고 집으로 돌아간 당신이 그 요리를 먹는다는 것, 그뿐이었다.

2

퇴근하자마자 집으로 돌아갔다. 아파트 지하 주차장에 승용차를 후진 주차하면서 당신은, 어떤 방법으로 아내를 설득할 수 있을지 잠시 고민했다. 신혼 때 이미 한번 벅적지근한 집들이를 치렀다. 그로부터 칠 년 만에 새 아파트에 입주한 기념으로 집들이를 다시 하자고 하면 아내는 단박에 짜증부터 낼 것이다. 새 아파트라 손볼 데가 많았던 건 아니지만 이사하면서 소파와 식탁을 사인용으로 새로 개비했다. 식구가 네 명이어서 그랬던 건 아니다. 대개의 가구들은 이인용, 사인용, 육인용처럼 짝수에 맞춰 제작되었고 입주 당시 세 식구였고 앞으로도 그 숫자를 유지할 계획이었던 당신과 아내는 한 자리 모자란 것보다 한 자리 남는 게 용이하다는 이유로 사인용 가구를 사들였다. 아내는 양가 식구들 중 누구라도 집에 찾아올 기미가 보이면 당장 식당 예약부터 해놓으라고 수선을 떨었다. 말하자면 아내의 레시피는 더도 덜도 말고 삼인구성의 식구를 위한 것이었다.

고층에서부터 내려오는 중인 엘리베이터를 기다렸다. 쇠문이 열리자 엘리베이터에서 내린 남자 두 명이 당신을 곁눈질했다. 두 남자 중에 짧은 스포츠머리가 간격을 좁히며 오므라드는 엘리베이터 문 사이로 손을 비집어 넣었다. 짧고 뭉툭한 손가락을 중심으로 문이 벌어졌고 당신은, 뒤로 한 걸음 물러섰다. 손을 넣은 스포츠머리가 당신에게 사진 한 장을 내밀었다. "이 아파트 주민인데 혹시 오가다 보신 기억이 있으신지요." 열림 버튼을 꾹 누른 채로 당신은, 가장자리가 조금 구겨진 사진을 내려다보았다.

같은 동의 5층인가 6층인가에 사는 여자였다. 출퇴근길에 주차장이나 엘리베이터 안에서 마주친 기억이 남아 있었다. 같은 동에 사는 주민이라고 다 얼굴을 기억하게 되는 건 아니다. 사진 속 여자의 품새가 워낙 요란하기도 했지만 걸핏하면 아내가 비난을 일삼는 여자여서 오가다 보게 되면 유독 관심을 가지고 관찰했던 것도 사실이다. 그 여자는 원색 계통 옷을 즐겨 입었다. 장식이 화려한 귀고리나 목걸이를 착용했다. 펄이 강한 색조화장품을 발랐고 눈에는 보라색이나 초록색이나 회색 같은 컬러렌즈를 끼고 다녔다. 손톱이나 발톱도 항시 알록달록한 색깔로 칠해놓았다. 범상치 않은 차림새였다. 아내는 그 여자를 탐탁지 않게 여겼다. 아파트 내부에서 그 여자의 실종 소식이 떠돌기 전까지만 해도 그 여자에 대한 불편함을 고스란히 내비추곤 했다. 한번은 당신이 "그런 건 개인의 취향 문제가 아닌가?" 소신을 밝혔다가 아내와 한 시간이 넘도록 다툰 적이 있었다. 그때 아내는 목에 핏대를 세우고 목소릴 높였다. 슬하에 아들 하나와 딸 하나를 둔 여자인데 아파트 근처에서 내연남과 볼썽사나운 짓을 벌이는 꼴을 주민들이 여러 번 목격했다, 동네 분위기를 어지럽히는 여자다, 차림새를 봐라, 심지어 반상회가 여러 번 요구했는데도 반상회에는 단 한 번도 참석하지 않았다, 거기까진 봐줄 만한데 교육센터 유치에 반대서명까지 했다, 주민들의 원성을 사고 있다. 그 여자를 비난하는 아내는 눈 밑으로 깊어진 주름을 발견했을 때처럼 호들갑스러웠는데 이내 무언가 확실한 대책을 강구한 것처럼 냉정한 표정을 지었다. "하지만 서명을 하지 않고선 못 배길 거야." 아내의 단호한 말투가 좁은 엘리베이터 안으로 환청처럼 떠돌았다. 하지만 일련의 정황들을 형사에게 일일이 고해바칠 순 없는 노릇이었다. 성가신 일이라면 애초에 모른 체하는 쪽을 선택한다. 몸은 극도로 피로함을 느끼고 있다. 무엇보다 집으로 돌아가 아내가 말했던 특별한 메뉴를 맛보고 싶다. 엘리베이터의 열림 버튼을 누르고 있던 당신은, 어깨를 으쓱하곤 고개를 저었다.

현관문을 열고 들어서자 아내는 조리대에 서서 요리를 하는 중이었다. 오후에 아내가 보내온 문자메시지가 떠올라서 당신은, 아내에게 물었다. "특별한 메뉴라니, 뭐야?" 대답이 없었다. 아내는 도마 위의 고깃덩어리를 내려다보았다. 멀리서 보기에 소고기인지 돼지고기인지 양고기인지는 분간되지 않았다. 그것은 핏기를 뺀 분홍빛 고깃덩어리에 지나지 않았다. 아내는 고깃덩어리에 천연염을 치고 다진 마늘을 재운 올리브오일을 발랐다. 바질을 흩뿌렸다. 아내가 잠결에 당신의 척추뼈를 더듬듯이 동그란 지문으로 날카로운 칼날을 매만졌다. "당신도 밤길 조심해. 요 밑에 집 여자가 실종됐다는 얘기 들었지?" 당신의 말을 들었는지 못 들었는지 아내가 식칼을 들어올렸다. 독일제 쌍둥이 칼이었다. 허공으로 비스듬히 올린 칼날의 서슬 퍼런 빛이 예사롭지 않았다. 번뜩이는 칼날이 스스럼없이 도마 위의 벌건 고깃덩어리를 쑥 비집고 들어갔다. 고깃덩어리에 사선으로 칼집을 내는 칼날의 움직임은 오래오래 벼려왔던 것처럼 유연하기만 했다. 당신의 몸에서 가장 여린 팔뚝 안살이나 허벅다리 안살이 쓱 그어진 듯 아연했다. 그때서야 당신은, 아내가 육류 요리를 하고 있다는 것을 깨달았다.

요리에 관해서 불문율이 있다면 육류 요리만큼은 회피해온 아내였다. 적어도 당신과 결혼한 이후로 육류 요리를 한 적이 없었다. 아내는 육류를 좋아하지 않았다. 집밥은 물론이고 외식을 하거나 주문배달 음식을 시켜도 당신은, 당최 육류를 기대할 수 없었다. 특히 불판에 구운 삼겹살이나 화로석쇠에서 탄내를 풍기며 지글지글 타들어가는 구이는 언감생심 꿈도 꾸지 못했다. 아내는 냉면을 먹으러 식당에 갔다가도 옆자리의 불판에서 익어가는 고깃점을 보면 단박에 입맛을 상실해버렸다. 그날의 첫 끼니여도 주저 없이 들고 있던 젓가락을 내려놓았다. 때때로 직장 회식자리를 삼겹살집이나 등심구이집에서 가지게 되면 당신은, 집으로 돌아가는 길에 얄궂은 냄새를 풍기는 늙은이처럼 주눅이 들었다. 별다른 불만은 없었다. 그럴 적마다 일말의 아쉬움을 안고서 당신은, 아내가 부엌에서 육류로 요리하는 모습을 머릿속으로 그려보았다. 희미

한 상상 속에서 생닭이나 돼지목살이나 양지 같은 고깃덩어리를 도마 위에 올려둔 아내는 곤혹스러워했다. 가정은 언제나 세 가지 수순으로 진행되곤 하였다. 1.아내가 온갖 야단을 떤다(도마 위에 올려놓은 고깃덩어리 위에 칼날을 댔다가 떼어내길 반복한다. 손은 대지도 못하고 일 초에 한 번씩 바퀴벌레나 쥐를 발견한 것처럼 호들갑스러운 비명을 빽빽 질러댄다). 2.연애시절 잔인한 살육을 서슴지 않는 공포영화를 관람했을 때 그랬듯이 아내가 당신의 옆구리에 콧부리를 박는다. 3.아내가 도저히 못하겠다며 도마 위의 고깃덩어리 처리를 당신에게 부탁한다. 느끼한 고기 냄새가 풍겨 위축된 와중에도 당신은, 실없이 낄낄거린다. 고기야 밖에서도 얼마든지 먹을 수 있는 식품이고 아내의 가녀린 손이 그것들을 마다한다는 게 꼭 싫지만은 않았던 것이다.

도마 위에 올린 고깃덩어리에 칼질하는 아내에게서 당신의 상상 속 의존적이고 나약한 여인의 모습은 찾아볼 수 없었다. 칼을 쥔 아내의 동작은 자연스럽기만 했다. 기역자 모양 가죽소파에 앉아서 도라 시리즈 중에 '도라의 모험'을 시청하던 딸 옆으로 앉아 있던 당신은, 방에서 손톱깎이를 들고 나왔다. 어린이용 프로그램을 보자니 재미가 없었고 성인용 프로그램으로 돌리자니 딸이 보챌 게 빤해서 생각으로도 귀찮아졌다. 아내의 완성된 요리가 식탁으로 나오기까지 딱히 할 일이 없었다. 일회용 위생팩을 들고 와서 입구를 벌렸다. 누렇게 자라난 손톱과 발톱을 깎아냈다. 손톱을 깎아내면서는 자꾸만 부엌을 흘긋거렸다. 고깃덩어리는 은박지를

깐 철판 위로 옮겨지는 중이었다. 아내는 매일 씻는 쌀을 다루듯이 고깃덩어리를 만지작거리고 있었다. 일상적인 모습을 보고 있다는 착각이 들 지경이었다. 조리 붓을 들고 고깃덩어리에 양념을 덧칠하는 아내의 동작이 점점 더 견고하면서도 생기를 띠었다. 흩뿌린 바질이 골고루 퍼지도록 아내는 맨손바닥으로 고깃덩어리의 표피를 문지르기까지 했다. 움칫 놀란 당신은, 손톱을 깎는다는 게 그만 살점까지 잘라내고 말았다.

아내는 앞치마와 같은 색인 마룬 컬러의 헝겊 장갑을 양손에 끼고 오븐 뚜껑을 열었다. 그 모습이 마치 단단한 글러브를 낀 링 위의 권투선수처럼 보였다. 강렬한 주홍빛을 머금던 오븐기 뚜껑을 열자 안에서부터 뜨겁고 허연 김이 쏟아져 나왔다. 김이 빠지는 동안 아내는 그릇 진열장 앞으로 걸어갔다. 체리목 진열장 앞에서 고민하던 아내는 장모에게서 물려받은 에르메스 접시 세트 중에 가장 큰 접시를 골랐다. 뾰족한 창을 들고 말에 올라탄 병정들이 에둘러진 접시 위에 위스키빛으로 구워진 육류 요리를 올려 담았다. 언제나처럼 나이프와 포크와 냅킨이 세팅된 식탁에 가만히 앉아 있던 당신은, 콧구멍을 벌름거렸다. 구미를 당기는 냄새였다.

아내가 미리 준비해둔 푸르스름한 올리브 찜밥과 육류 요리를 식탁 위로 날랐다. 살갗이 크리스피된 고깃덩어리 속으로 당신은, 나이프를 푹 찔러서 갈랐다.

"이건 뭐야?"

앞 접시에 덜어진 당신 몫의 고깃점들을 보며 물었다. 아내는 애

매하게 웃기만 할 뿐 재료를 가르쳐주지 않았다. 당신과 딸은 각자의 나이프와 포크를 사용해서 육류 요리에 집중했다. 아내는 요리를 하면서 이미 진이 빠졌다며 식욕이 없다고 했다. 예상했던 바지만 아내는 고깃점은 입에 대지도 않았다. 당신은 표면이 얇게 구워진 고깃점 하나를 입속에 넣어 씹었다. 바삭거리는 표피 안에 숨어 있던 부드러운 속살을 음미하는데 훅 끼쳐오는 엷은 핏내가 어쩐지 낯설었다. 집 바깥에서야 주로 육류를 먹어왔지만 집에서 먹는 육류 요리는 처음이었다. 진열된 그릇들처럼 단단하고 차며 접시에 박힌 병정들이 든 창처럼 날카로운 침묵이 식탁 위로 돌았다. 기름기로 입술 주변이 번드르르해진 딸이 정적을 깨고 앗, 탄성을 질렀다.

"엄마! 이게 뭐야?"

대뜸 소리친 딸이 손가락으로 고깃점 안쪽의 털 한 올을 잡아 올렸다.

"어머나."

아내가 딸이 손에 쥔 털을 낚아채서 부리나케 화장실 쪽으로 뛰어갔다. 잠시 후 변기레버 내리는 소리가 들려왔다. 고인 물이 소용돌이치며 빨려 내려가는 소리가 들려왔다. 손을 씻는 물소리가 한차례 들려왔다. 화장실에서 나오던 아내가 털이, 자신의 육류 요리에서 나온 털이, 요리 중에 떨어진 자신의 머리카락일 거라고 중얼거리는 소리가 들려왔다. 그러나 얼핏 보아도 짧고 고불고불한 모양의 그것은 사타구니 사이에서 빠져나온 사람의 음모였다.

당신의 아내가 처음으로 육류 요리를 선보인 날 당신은, 반상회에 참석한 아내를 대신하여 다섯 살 난 딸을 돌봤다. 최근 아내는 아파트 반상회 활동에 열을 올리고 있었다. 애초에 근무태만인 경비원에게 경고 조치를 취하거나 아파트 하자 보수수리 건에 대해 논의하던 반상회였다. 몇 가지 근본적인 문제점들을 해결하고 나자 본격적인 활약이 시작되었다. 지역발전은 곧 뉴타운의 번성과 연결되었고 아파트 값 상승의 기반이었다. 아내는 지역발전을 도모한다는 이유로 하루가 멀다고 반상회에 참석했다. 건강을 위해 골프연습을 하거나 헬스를 하듯이 하루에 한두 시간 이상을 아낌없이 반상회에 투자했다.

당신의 딸은 거실 소파에 앉아 식사 전에 보다 만 '도라의 모험'을 시청했다. 피부가 가무잡잡한 멕시코 소녀가 등장해서 여행을 하며 영어 반 한국어 반으로 떠들어대는 프로그램이었다. 냉장고 문을 열어젖힌 당신은, 아내가 반상회에 가기 전 과도로 껍질을 깎아 여덟 조각으로 잘라놓은 배 접시를 꺼내들었다. 접시 위로 씌운 랩을 벗기고 거실 쪽으로 걸어가면서 포크로 배 한 조각을 쿡 찍어 입속으로 넣었다. 어금니 사이로 배 조각을 으깨며 고개를 들자 네모난 틀 속의 주홍빛이 시야에 들어왔다. 사차선 도로를 사이에 두고 서 있는 건물에서 나는 빛이었다. 원래는 비닐하우스촌이 밀집한 지역이었는데 몇몇 인권단체의 반대시위를 무릅쓰고 시와 지역 주민들이 합심하여 유치한 대형 복합쇼핑몰이었다. 일곱 개의 건물이 하나의 몸처럼 연결된 복합쇼핑몰의 이름은 파크세븐이었다. 건물이 세워지기 전 비닐하우스촌에 살던 사람들의 행방이라면 알 수 없었다. 관심을 가진 적도 없었다. 출퇴근길에 국내 유명 걸그룹이 핫팬츠를 입고 일렬로 서 있는 당신의 집 앞 대형 복합 쇼핑몰의 광고를 보면 이상하게도 뿌듯해졌다.

세로로 정렬된 조그만 창들 중에서 가운데쯤으로 난 창을 보며 당신은, 요리 재료를 넣고 타이머를 맞춘 오븐기의 뚜껑 속 빛으로 혼동했다. 그 빛이 안고 있는 불길한 징후를 무심히 지나쳤다. 잠시 후 도라의 알파벳 노래를 따라 부르던 딸이 노래를 멈추더니 창밖을 바라보았다. "불이다!" 딸이 그렇게 외치는 순간 당신은, 입가로 달콤한 과육을 질금 흘리고 있었다. 파크세븐 가장자리의 세로로 난 조그만 창들을 제외하면 거대한 건물엔 창이 없었고, 불길은 좁은 창을 비집고 나와 와락와락 뻗어서 외벽으로 달라붙었다. 배 조각이 접시 위에서 사라지는 동안 시커먼 연기와 재가 사방으로 갈기갈기 퍼져나갔다. 연기는 검푸른 하늘로, 건물 너머의 벌판으로, 가로등 불빛이 내려앉은 사차선 도로 위로 갈라지다가 건풍을 타고 아파트 단지 쪽으로 번져왔다. 규모가 큰 건물이어서 그만큼 규모가 큰 불이었다.

사이렌 소리가 시끄러웠다. 노란색 슈퍼마켓 봉지를 들고 막 집으로 들어오던 아내가 집 안으로 들어찬 연기를 보자마자 화들짝 놀랐다. 아내는 손에 든 슈퍼마켓 봉지를 내려놓을 겨를 없이 한달음에 베란다로 달려갔다. 베란다에 달린 이중새시 창을 재빨리 닫았다. 다음으로 거실 창도 닫고는 무슨 이유에서인지 잠금장치까지 걸었다. 현관 앞에 깔린 러그 위에 내동댕이쳐진 아내의 휴대폰 벨이 울리고 있었다. 아내는 휴대폰 벨이 울리는지도 모르고 집에 달린 문이란 문은 죄다 꼭 닫아서 잠금장치를 거느라 분주했다. 그동안 집 안에 들어찬 매캐한 연기가 허공으로 자욱하게 떠돌았다. 아내는 쿵쿵 밭은기침을 해대며 부엌으로 달려갔다. 가스레인지 위에 달린 환기구의 가동 버튼을 누르자 도처의 냄새들을 빨아들이는 소리가 울려 퍼졌다. 우웅— 아내는 거실 한가운데서 팔을 휘저었다. 집 안에 고인 연기를 빼내려는 것이었으나 사방의 창이 모두 닫혀 있어서 빠져나가기 어려운 연기였다.

아내는 욕실 환기구도 가동시켰다. 밭은기침을 하며 소파에 앉아 있던 딸의 손목을 억척스럽게 잡아끌었다. 욕실에선 변기 뚜껑 내리는 소리가 들려왔다. 연달아 그 자리에서 꼼짝하지 말라는 아내의 으름장이 들려왔다. 러그 위에선 아내의 휴대폰 벨이 재차 울렸다. 연기와 한바탕 실랑이를 벌이는 아내를 대신하여 당신은, 아내의 휴대폰을 받았다.

"어? 안녕하세요. 이선배는요?"

아내의 대학 후배이기도 한 아내의 직장 동료였다.

"쿵쿵, 아, 지금 좀 바빠서요. 쿵쿵, 뭐 전할 말이라도."

"지영 선배 오늘 휴가 잘 보내셨는지 궁금해서 연락드렸어요."

얼떨떨해진 당신은, 핸드폰의 통화종료 버튼을 눌렀다. 아내의 휴가에 관해서라면 금시초문이었다. 오전 여덟시에 당신이 쥐색

슈트를 입고 출근할 무렵 당신의 아내는 인근에 사는 친정집에 맡기기 위해 딸을 데리고 집을 나섰다. 당신이 퇴근하고 집으로 돌아왔을 때 아내는 저녁식사를 준비하느라 식칼을 쥐고 부엌에 있었다. 딸은 거실 우드 바닥에 널브러진 각종 인형들 틈에서 비죽 솟아오른 가장 큰 인형처럼 앉아서 어린이 프로그램을 시청했다. 평소와 다르다 할 그 어떤 의구심도 들지 않았던 것이다.

욕실에서 뛰어나온 아내가 뿌연 연기 속에 서 있는 당신을 향해 손가락을 쳐들었다. "당장 욕실 안으로 들어가! 지나랑 함께 있으란 말이야." "당신은?" 허리춤에 꺾은 손을 괴고 주위를 휘 둘러보던 아내가 결연한 표정으로 소파 위의 일간지를 집어 들었다. 반으로 접힌 신문지를 휘두르며 맵싸한 연기를 가스레인지 위의 환기구 쪽으로 몰았다. 슈퍼마켓 봉지는 당신에게 떠넘겼다. 얼결에 묵직한 슈퍼마켓 봉지를 들게 된 당신은, 욕실로 들어갔다.

딸은 제 엄마의 충고를 무시하고 변기에서 내려와 뚜껑 젖힌 변기 안을 들여다보고 있었다. 주먹 쥔 작은 손으로 변기 가장자리를 잡고 다른 한 손을 변기 구멍 속으로 쑥 집어넣은 채였다. 소스라치게 놀란 당신은, 슈퍼마켓 봉지를 타일 바닥에 떨어트렸다. 변기 구멍 속으로 쑥 들어가 보이지 않는 딸의 손을 빼내기 위해 얇은 주름 한 줄이 잡힌 통통한 손목을 잡아서 당겼다. "아빠, 요 안에가 목구멍이야." "이런 데 손 넣으면 안 돼." "예쁜 목구멍이야, 그치?" 매캐한 연기의 침입으로 어수선한데도 아랑곳없이 딸은 해맑게 웃어 보였다. 그리고 주먹 쥔 손을 펼쳐 보였다. 젖은 손바

닥 위에 립스틱이 놓여 있었다. "목구멍에서 나온 거야." 딸이 흥
분하여 조잘거렸다. 핸드폰이나 열쇠고리에 걸게끔 제작된 새끼
손가락 반 토막만한 립스틱이었다. 아내가 실수로 변기에 립스틱
을 빠뜨린 듯했다. 립스틱을 빼앗아서 세면대 위 대리석 선반에 올
려두었다. 수돗물을 틀고는 더러운 변기 구멍 속에 들어갔다 나온
딸의 손을 깨끗이 씻겨주었다. 세정제 펌프를 눌러서 거품을 내어
손가락 마디마디와 손톱 사이사이까지 꼼꼼하게 문질러주었다. 딸
은 다시금 변기 구멍 속을 경이로운 눈빛으로 바라보았다. 불안해
진 당신은 딸의 허리춤에 팔을 끼워서 딸을 변기통에서 떨어트렸다.
제 키보다 높은 세면대에 맞추어 발을 딛고 올라서게끔 된 플라스
틱 발받침대 위로 올라간 딸이 거울을 들여다보았다. 화장실 타일
바닥에는 슈퍼마켓 봉지에서 떨어진 물건들이 널브러져 있었다.
참치통조림 다섯 개와 다시다 한 봉지와 참치액 한 병과 다섯 개
가 세트로 한 봉지에 담긴 조미 김과 1.5리터의 환타 한 병이었다.
그것들을 주워서 도로 슈퍼마켓 봉지에 담았다. 딸이 펄이 반짝이
는 진분홍 립스틱을 입술에 문지르고선 흘기는 눈으로 당신을 내
려다보았다. 오밤중에 술에 취한 동료를 끼고 집에 들어섰을 때 아
내가 그러는 것처럼 딸이 날 선 목소리로 당신을 불렀다. "여보!"

3

그날부터 당신은 저녁마다 육류 요리를 먹었다. 일주일이 지난 목요일에는 엷은 된장 맛이 은은한 구이에 단호박찜이 담뿍 얹어져 나왔다. 식사를 마치고 당신은, 아내에게 은근슬쩍 물었다. "화재가 났던 날 말이야, 당신 회사에서 무슨 일 있었어?" 일주일간 고심한 끝에 고안해낸 가장 자연스러운 질문이라고 생각했다. "회사에서? 뭐 별일 없었는데." 그렇게 대답한 아내는 소스로 얼룩진 접시와 그릇들을 식기세척기에 꽂았다. 세척기 작동 버튼을 누른 후에 반상회에 참석하러 간다고 집을 나섰다. 심란해진 당신은, 바람을 쐬려고 딸을 데리고 밖으로 나갔다. 양념과 조리 방식은 다 달랐지만 일주일째 내리 육류 요리를 먹었더니 속이 더부룩했다. 아파트 현관을 나서자 바람이 기름기 번들거리는 이마 위를 스치고 지나갔다. 끈끈이 테이프로 툭, 툭, 툭 찍으며 지나가는 듯한 불쾌한 바람이었다. 뽀로로 캐릭터가 박힌 자전거 안장에 앉은 딸이 주먹 쥔 손을 내보였다. "아빠, 나 이것 좀 해줘." 딸이 주먹 쥔 손을 펼쳐 보였다. 오백 원 동전 크기보다 좀더 커다란 금색 링에 반짝이는 원석들이 달린 귀고리였다. 링 뒤로 얇고 뾰족한 침이 달려 있었다. 여섯 살 여자아이가 제 엄마를 흉내 내고 싶어하는 건 그리 이상한 일이 아니었다. 딸은 아내의 비음 섞인 앵앵거리는 말투나, 머리를 꼬는 안 좋은 버릇까지 따라 하려 들었다. 제 엄마의 화장대에서 놀다가 손에 집히는 귀고리를 들고 나왔을 거였다. 딸이 탄 네발자전거를 밀어주려고 허리를 구부렸던 당신은, 멈칫했다. 다시금 허리를 세우고 딸의 주먹을 펴서 귀고리를 살펴보았다. 외출할 때 귀고리를 착용하곤 하는 아내는 귓불에 딱 달라붙는 단정한 귀고리를 선호해왔다. 귀를 뚫지도 않았다. 아내의 귀고리는 전부 클립 귀고리였다. 귀고리에 달린 침이 순두부처럼 야들야들한 딸의 손바닥을 그을 듯 날카로이 솟아 있었다. "이건 뭐야?" "목구멍에서 찾은 거야." "목구멍?" "아빠는 참, 예쁜 목구멍 있잖아." "이건 어른들이 하는 거야." 딸의 손에서 귀고리를 빼앗은 당신은, 귀고리를 추리닝 호주머니 속에 넣었다.

딸이 올라앉은 네발자전거를 산책로 쪽으로 밀어주었다. 마침 아파트 산책로에는 자전거를 타는 단지 아이들이 있었다. 자기보다 몸집이 큰 아이들을 따라가느라 자전거 페달을 힘겹게 밟아대는 딸이 무리의 끝에서 팔랑거리는 연 꼬리처럼 멀어졌다. 산책로 앞에서 담배 한 개비를 물고 있는 남자와 콜라를 마시고 있는 남자를 보았다. 두 남자 모두 당신 또래들이었다. 그들도 당신과 마찬가지로 저녁을 먹고 아이들과 함께 바람을 쐬러 나온 듯했다. 어물쩍 그들에게 다가간 당신은, 담뱃갑을 들고 있는 남자에게 담배 한 개비를 얻었다.

남자가 라이터 불을 댕겨주면서 멋쩍게 말문을 열었다.

"웬 횡재인지 모르겠어요. 식탁에 요리다운 요리들이 줄기차게 올라오고."

"저도요. 밥 좀 차려달라면 누군 일 안하냐며 소리부터 고래고

140

래 지르던 여자였는데. 갑자기 요리를 다 하네요. 제대로 된 레시피의 요리를 먹는 게 싫은 건 아닌데, 이건 뭐, 무슨 꿍꿍이가 도사리고 있는 거 같아서 뒤통수가 찜찜하네요."

콜라 캔을 쥐고 있던 남자가 퉁명스럽게 말을 이었다.

"오늘 무슨 요리 드셨어요?"

고개를 쭉 빼고 자전거 무리가 언제 돌아올지 기다리던 당신은, 별 뜻 없이 물었다. 두 남자가 동시에 고기를 먹었다고 대답했다. 된장에 들깨를 섞은 소스가 발라진 육류 요리라고 했다. 그 위에 단호박찜이 올라와 있었다고 했다. 조금 전 당신이 먹었던 요리와 같았다. 그래서 당신은, 전날은 혹시 무슨 요리를 먹었는지 물어보았다. 내친김에 일주일 동안 먹었던 육류 요리에 대해서도 물었다. 그들은 기억을 더듬어가며 성의껏 대답해주었다. 일주일 전에는 마늘과 바질로 향을 낸 육류 요리를 먹었다고 했다. 당신은, 그게 무슨 육류로 만든 요리인지 아느냐고 물었다. 담뱃갑을 든 남자가 입술을 비죽거리며 그 고기가 무언지는 확실치 않다고 했다. 아내에게 무슨 요리인지 물어봐도 대답은 안해주고 수상쩍게 웃기만 한다는 거였다. 그들은 무슨 요리인지는 굳이 알 필요가 없다는 듯 대화를 이어갔다. 반상회에 요리 실력이 뛰어난 어떤 여자가 다른 주부들에게 요리를 전수해주었다, 덕분에 저녁마다 맛있는 요리를 먹는 호사를 누리게 되었다, 뭔가 속셈이 있는 것 같지만 이렇게 계속 든든한 요리를 먹을 수 있었으면 좋겠다. 그렇다면 요리 전수자는…… 산책로 끝으로 사라졌던 한 무리의 아이들이 아파트를 한 바퀴 돌아서 당신의 앞을 지나서 다시 산책로 끝으로 멀어지고 있었다. 담배연기를 길게 뿜어내던 당신은, 골똘히 생각해보았다. 매일 저녁 열리는 반상회, 아파트에서 일어난 실종 사건, 파크세븐의 화재, 뜬금없는 저녁의 육류 요리.

"저 말입니다, 요 앞에 파크세븐 화재 사건 기억나세요?"

"그럼요, 며칠 전의 일인데 생생하죠. 아직도 화재 원인을 밝혀내지 못했다죠? 에이, 거기서 불에 탄 주검이 나왔다니 참, 끔찍한 일이에요."

"그날 집 안으로 들어찬 연기 때문에 어찌나 곤욕을 치렀던지."

두 남자가 차례로 한마디씩 거들었다.

"그날 아내 분이 반상회에 가셨나요?"

당신의 질문에 콜라를 마시던 남자가 입꼬리를 일그러트리더니 픽 웃었다. 마치 당신을 바람난 아내의 뒤꽁무니나 캐고 다니는 한심한 작자로 보는 듯했다. 그가 빈정거리며 중얼거렸다.

"그날 반상회가 있었나. 요즘은 거의 매일 열리니까 있기야 했겠지. 근데 이건 뭐, 반상회 한답시고 저녁마다 나가서 퇴근하고 돌아와도 여편네 코빼기도 구경할 수 없으니 원."

"다들 신간이 편해서 그래요. 집 가졌겠다, 돈 벌어다주는 남편 가졌겠다, 쑥쑥 자라주는 자식들 있겠다, 다 가지고 나니까 다른 목적이 생기는 거 아니겠어요? 밥 먹고살기 힘들어봐. 그 따위 반상회에 갈 기력도 없지."

"반상회가 비상인가봐요. 파크세븐이 학원센터로 개관하려는데 인근에서 실종 사건이 일어난데다 화재까지 일어났으니 제동이 걸려도 제대로 걸린 거죠. 각종 학원들이랑, 교육 컨퍼런스 센터, 과학 체험관, 어린이 체육관 같은 것들이 열린다는데."

"파크세븐에요?"

파크세븐에 관한 새로운 소식을 감쪽같이 모르고 있던 당신은, 놀라서 되물었다.

"곧 개관한다죠. 불황이기도 하고, 파크세븐이 임대가 되지 않아서 자칫하면 망하기 십상이니까요. 문화시설이나 쇼핑몰이야 지척에 널려서 승부가 나지 않으니까 별 희한한 대책을 다 마련했더라고요. 교육에 관련된 문제는 민감하기도 하고 해서 불가능할 거라고 생각했는데 기막히게도 성사가 된 모양이더라고요."

"대형 교육센터라……"

벌린 입으로 캔 속의 남은 콜라를 털어 넣던 남자가 고개를 끄덕이며 말을 받았다.

"교육 공간이 되면 지역 발전에 도움이 되기야 하겠죠."

"맞다, 그날도 반상회가 있었지 아마. 반상회가 일찍 끝났는지 슈퍼마켓에서 장까지 보고 왔으니까."

콜라 캔을 쥔 남자가 금방 생각났다는 듯이 말했다. 그 말을 듣고 흥분한 당신은, 더듬거리며 물었다.

"저, 저, 저, 혹시 그, 뭐냐, 봉지 아, 슈퍼마켓 봉지 안에 들어 있던 게 참치통조림, 환타, 다시다, 뭐, 뭐, 이런 거 아니었나요?"

두 남자가 어깨를 으쓱해 보였다. 굳이 대답할 필요를 느끼지 못하는 그들의 그런 반응이 어쩐지 낯설지 않았다. 고개를 틀던 당신은 엷은 한숨을 내쉬었다. 되짚어보면 아내는 그런 식품을 집으로 사들고 온 적이 없었다. 매번 장바구니를 확인해본 건 아니지만 집에서 그런 식료품을 발견한 적은 결코 없었다. 통조림이나 조미김이나 다시다나 환타 같은 식품들은 죄다 화학 성분이 들어간 것들이다. 아내는 원재료 고유의 맛을 살리기 위해서 노력해왔다. 다양한 양념을 사용하면서도 원재료의 맛을 살릴 만큼 양념을 최소화했다. 요리를 할 적엔 그게 아무리 몸에 해롭지 않다고 광고를 하는 MSG라 하더라도 조미료를 첨가하지 않았다. 흙과 바다에서 태어나고 물의 순환에서 살았던 흔적이 남은 천연재료만을 고집하였다. 화학조미료 대신 냉동고에는 일주일 치의 해산물 육수, 멸치 육수, 야채 육수, 다시마 육수를 얼려서 보관해두었다. 아내의 저녁 요리는 달팽이 요리, 엔초비 파스타, 갈릭크랩 누들, 올리브 찜밥, 해물찜 등 레스토랑 메뉴에서도 흔치 않은 종류들이었다. 최근엔 들깨소스 육류 요리, 토마토소스 육류 요리, 아스파라거스를 만 육류 요리, 마늘과 바질로 향을 낸 육류 요리를 했지만 모두 화학 성분을 가미하지 않고 만든 것들이라고 아내는 자부했다. 그렇다면 슈퍼마켓 봉지 안의 캔 참치와 다시다와 참치액과 조미 김과 환타는 어떻게 설명된단 말인가. 다른 알리바이를 위해 누군가 미리 사놓은 것이 아닐까. 아내는 봉지 안의 내용물을 미처 확인해보지 않고 부주의하게 집으로 들고 온 게 아닐까. 그 알리바이는 무엇을 위한 것일까. 두 눈을 멍청하게 끔뻑거리던 당신은, 아랫입술을 지그시 깨물었다. 콜라 캔을 쓰레기통으로 휙 던진 남자가 가엾다는 눈길로 당신을 쳐다보았다. 뒷목에서 솟은 식은땀 한 줄기가 지나가는 칼바람에 얼어 조르륵 흘러내리지 못한 채 매달려 있는 듯했다. 콜라 캔을 든 남자를 향해 당신은, 대답을 재촉하는 간절한 눈빛을 보냈다.

"글쎄요 내가 원래 장 봐온 걸 들춰보는 타입은 아니라서."

4

다음날 퇴근하고 집으로 돌아가자 집 안이 떠들썩했다. 아내가 딸을 꾸짖고 있었다. 점심시간에 구두약을 발라 코가 반짝이는 밤색 구두를 벗던 당신은, 짜증스러운 투로 왜 이렇게 시끄럽냐고 투덜거리며 집 안으로 들어섰다. 한바탕 울음을 쏟아냈는지 딸의 눈자위가 벌겋게 부어올라 있었다. 당신을 본 딸이 훌쩍이며 당신의 품에 안겨들었다. 아내는 부엌으로 들어가 쇼핑백 안에 칼과 도마를 챙겨 넣더니 현관문을 나섰다. "칼이랑 도마는 왜!" 물었을 땐 이미 현관문이 쿵 닫힌 후였다. 콧물을 크렁크렁 삼키던 딸을 안고 당신은, 화장실로 들어갔다. 콧물과 눈물로 범벅된 딸의 얼굴을 수돗물로 씻겨주었다. "왜 그래, 엄마 몰래 또 초콜릿 먹은 거야?" 딸이 고개를 절레절레 흔들었다.

"내가 목구멍에서 찾은 걸 친구한테 선물했거든."

"아빠가 자꾸만 변기에 손 넣으면 엄마한테 혼날 거라고 그랬잖아."

"아니야. 엄마는 그게 목구멍에서 나온 건지 몰라."

"근데 왜 혼났어."

"걔는 같이 놀면 안 되는 애거든."

"엄마가 같이 놀면 안 된다고 했어? 왜?"

"나도 잘 몰라. 근데 반상회 아줌마들이 걔랑 놀면 큰일 난다고 했어."

"그 친구랑은 친한 사이야?"

"응, 요즘 내 친구 엄마가 병원에 입원해 있거든. 그 친구가 엄마를 보지 못해서 많이 슬퍼하고 있어."

흐느끼는 딸을 달래주기 위해 텔레비전을 틀었다. 리모트컨트롤을 들고 케이블 어린이티브이 채널로 바꾸려는데 화면에서 뉴스가 나오고 있었다. 화재가 났던 파크세븐 건물이 화면으로 가득 찼다. 건물에는 불에 그슬린 자국이 거무튀튀하게 남아 있었다. 노란 테이프를 친 파크세븐 앞에서 마이크를 든 기자가 화재 시 불에 탄 채 발견된 주검의 신원이 밝혀졌다고 발표하는 중이었다. "도라! 도라!" 소파에 앉은 딸이 두 발을 구르며 칭얼거렸다. "쉿, 잠깐만." 경직된 당신은, 손가락을 입술에 가져다댔다. 화재 다음날 파크세븐 건물 안에서 주검이 발견되었다. 주검은 심하게 불에 타 형체가 온전치 않았다고 했다. 그리고 일주일이 지났다. 주검의 치아 상태를 확인해본 결과 파크세븐 인근 뉴타운 아파트에서 얼마 전 실종된 삼십대 주부라는 것이었다. 당신의 뒤통수에 납작하게 들러붙어 있던 머리카락들이 일제히 서는 듯했다. 떨리는 입술로 당신은, 딸에게 물었다. "지수야 목구멍에서 찾은 게 뭐였지?" "귀고리. 아빠도 봤었잖아." "또 뭐였어?" "음, 귀고리, 립스틱, 눈에 끼는 거." "안경?" "아니야, 아니야, 안경 말고 눈 속에 끼는 거 있잖아." "콘택트렌즈?" "내 친구가 자꾸 눈물이 나온다고 해서 내가 그걸 선물로 줬어. 색깔이 예쁘다고 친구가 좋아했어."

석연찮은 기분을 떨쳐낼 수 없었다. 헤벌린 입속으로 비린내 나는 생고깃덩어리가 우겨져 들어찬 듯했다. 뻣뻣하게 경직된 몸뚱어리가 훨쩍 열린 오븐기 속으로 들어가 220도나 230도의 온도에서 타들어가는 것처럼 뜨거웠다. 살가죽의 수분이 증발되는가 싶더니 목구멍과 입술이 바짝 건조해졌다. 의혹만 무성하고 무엇 하나 명확한 증거를 가지지 못한 당신은, 냅다 화장실로 달려갔다. 변기 뚜껑을 올리자 회식 자리에서 먹었던 음식물들이 폭포처럼 쏟아져 나왔다. 휴지를 뜯어 입술을 훔치고 변기 레버를 내렸다. 울긋불긋한 토사물이 소용돌이치며 구멍으로 빨려들었다. 구멍 속에서 투명한 새 물이 와락 솟아올랐다. 거기서 무언가 둥실 떠올랐는데, 흩날리는 눈송이가 점점이 박힌 빨간 손톱이었다.

아내는 집에서 칼과 도마를 챙겨 나간 지 두 시간이 넘도록 돌아오지 않았다. 아내가 기분 나빠할 것을 알면서도 당신은, 다용도실에 나가 담배 한 대를 피웠다. 비디오를 보면서 거푸 눈을 비비는 딸의 이빨을 닦아주었다. 동화책 한 권을 펼쳐서 읽어주었다.

방망이를 휘두르며 금 나와라 뚝딱 하면 금이 나오고 은 나와라 뚝딱 하면 은이 나오는 전래동화였다. 가까스로 잠든 딸을 침대에 눕힌 당신은, 여전히 속이 불편해서 부엌 서랍장을 열었다. 소화제 한 알을 삼키고 안방 침대에 드러누워 뒤척이다가 겨우 잠이 들었다. 몇 시간 후 요의로 잠에서 깬 당신은, 안방에 딸린 화장실로 들어갔다 나왔다. 침대 위에는 아내가 보이지 않았다. 방 안을 휘둘러보다가 안방 창을 보게 되었다. 창에 단 레이스커튼은 보기에는 화사했으나 차광이 잘 되지 않았다. 대낮의 쨍쨍하고 환한 빛뿐만 아니라 밤의 어둠까지 비춰들었다. 화재가 난 건물 외벽의 그을음까지 고스란히 들어왔다. 그을음은 밤이 깊어갈수록 음영이 짙어졌다. 도시의 불빛이 미치지 않는 야심한 뒷골목처럼 음산한 빛을 일렁였다. 그것은 오븐기 타이머를 잘못 맞춰 바싹 타버린 고깃덩어리 문양이기도 했다. 휴대폰으로 아내에게 전화를 걸려고 시도하던 당신은, 방 밖에서 탁탁, 타다닥, 탁탁, 타다닥, 울리는 리드미컬한 소리를 듣고서야 안심하고 핸드폰을 침대 위에 내려두었다. 가스가 차서 불룩해진 배를 어루만지던 당신은, 방 밖으로 어기적어기적 걸어 나갔다. 아내는 조리대에 서서 칼질을 하고 있었다. 도마 위에는 요 며칠 동안 그랬던 것처럼 고깃덩어리가 뉘어져 있고, 도마 옆으론 젤리처럼 말캉말캉한 초록빛 소스가 투명한 그릇에 담겨 있었다. 멀뚱히 서서 아내의 뒷모습을 바라보던 당신은, 물었다.

"뭐 하는 거야."

"보면 몰라."

"지금이 몇 신데. 제정신이야?"

"이 고기는 애플소스에 열다섯 시간 재워야 제 맛을 낸단 말이야. 내일 저녁에 먹으려면 지금, 양념을 발라둬야 해."

"이제 그만둬."

"그럴 수 없어."

아내는 여전히 당신 쪽으로 뒤돌아보지 않은 채 대꾸하고 있었다.

매일 저녁 찾아오는 미각의 향연을 불평하는 것이 마치 배부른 자의 엄살처럼 들릴 수도 있고, 그래서 아무도 믿어주지 않겠지만, 그럼에도 불구하고 당신은, 아내의 요리가 몹시 불편해졌다. 분명한 이유도, 정확한 증거도 없었으므로 들끓는 의혹과 분노를 어떤 식으로 표출해야 할지 몰랐다. 처음에 당신은, 이 모든 게 당신의 과민반응일 거라고 생각했다. 그런 일들은 종종 일어났다. 과로일 수도 있었고, 장기간의 흡연으로 인한 폐해일 수도 있었고, 지리멸렬하게 반복되는 일상생활에서 오는 무력감 탓일 수도 있었다. 그게 무엇이든 당신은, 이 사건에 집착했다. 건물에서 발견된 주검의 신원이 밝혀지고 아득한 하룻밤을 보낸 다음날부터였다. 일단 집에서 저녁식사를 하지 않기로 했다. 회식이 있을 땐 동료들 중 제일 마지막까지 자리를 지켰고, 회식이 없는 날엔 집 바깥의 식당에서 당신의 어머니가 가족들 몰래몰래 그래왔던 것처럼 조미료를 넣고 끓인 김치찌개나 순두부찌개나 된장찌개나 설렁탕 같은 것들을 사 먹고 집으로 돌아갔다. 조미료 맛이 첨가된 식사를 하자 당신의 속은 개운하기만 했다. 그렇다고 찜찜한 기운이 일거에 날아가진 않았다. 귀가하다가 당신은, 엘리베이터 안에서 몇 번 두 아이와 마주쳤다. 불에 탄 채 발견된 아래층 여자의 아이들이었다. 남자아이는 초등학생으로 보였고, 여자아이는 당신의 딸과 비슷한 또래로 보였다. 남자아이가 자기보다 서너 살 아래의 여동생이 입은 파카 지퍼를 올려주었다. 여자아이가 엄마는 병원에서 언제 퇴원하는 거냐고 묻자, 남자아이가 당신의 눈치를 잠깐 살피더니 며칠 후면 돌아올 거라고 대꾸했다. 남자아이는 제 모친과 관련된 상황을 알고 있는 것 같았다. 아이들이 7층에서 내렸다. 당신은 실종됐다가 화재가 난 복합쇼핑몰에서 불에 탄 채로 발견된 여자가 5층이나 6층이 아닌 7층에서 살았다는 사실을 그때서야 알게 되었다. 또 한번은 주차장에 세운 차 범퍼 위로 고꾸라져 울고 있는 남자를 멀리서 보게 되었다. 파크세븐 건물 안에서 죽은 여자의 남편이었다. 가슴이 한없이 갑갑해지고 무거워진 당신은, 허구한 날 술 냄새를 풍기며 아파트 엘리베이터에 탔다. 만취해 돌아오다가 엘리베이터를 타고 집으로 올라가는 시간을 참기 어려워 지하 주차장 구석에 오줌을 쌌다. 한창 성장판이 열린 아이들이 뛰노는 놀이터에서 줄담배를 뻑뻑 피워댔다. 야간근무 중인 경비원의 멱살을 붙잡고 공연히 난동을 부리다가 아파트단지의 잠든 집들이 불을 켜게 만들었다. 사지를 붙들려 집으로 끌려 들어가서 당신은, 입을 벌리지 않았다. 아내와 일절 말을 섞지 않았다. 식탁 위에 당신 몫으로 남겨둔 음식도 입에 넣지 않았다. 그 시간에 딸은 대부분 잠들어 있었다. 샤워도 하지 않고 오후의 퀴퀴한 체취가 풍기는 옷가지를 입은 채 그대로 침대에 엎어져 잠이 들었다. 며칠 만에 당신은, 아파트에서 요주의 인물이 되었다.

"당신 뭐 하는 짓이야, 누구 망신 주려고 작정했어!"
이윽고 아내가 버럭 소리를 질렀다. 회식 자리에서 마신 술기운이 남았던 당신은, 조금도 위축되지 않았다. 식탁 위에는 아내의 저녁 요리가 놓여 있었다. 스멀거리는 느끼한 냄새로 짐작건대 육류 요리가 틀림없었다. 당신을 위해 남겨둔 것이었겠으나 이미 회식 자리에서 기름진 음식으로 배를 가득 채우고 온 터였다. 가로막고 선 아내를 밀치고 당신은, 거친 콧숨을 내뿜으며 안방으로 들어갔다. 아내가 경멸 어린 시선으로 당신의 뒤통수를 노려보았다. 애써 자연스럽게 걸었으나 오금이 저려왔다. 벗은 양복 재킷을 침대 위에 패대기치고 졸라오는 넥타이만 느슨히 푼 채 침대에 벌러덩 누웠다. 방으로 쫓아 들어온 아내가 그르렁거리며 당신을 쏘아보았다. 슬그머니 창 쪽으로 몸을 틀었던 당신은, 복합쇼핑몰 건물 외벽의 그을음과 마주쳤다. 거슬리는 그을음이었으나 커튼을 여밀 기력도 남아 있지 않았다. 몸을 허투루 트는 순간 그을음 속으로 빨려 들어갈 듯해서 사지를 잔뜩 오므렸다. 어둠 속에서 더 깊은 어둠을 벌려놓은 그을음이 당신의 숨통을 조였다. 아예 넥타이를 벗어던져도 그 갑갑한 기분은 떨쳐지지 않았다.

5

일요일 오후까지 숙취에서 깨어나지 못했던 당신은, 울렁거리는 당신의 배 위에 올라타 말 타는 시늉을 하며 엉덩이를 들썩거리는 딸에게 갈라진 목소리로 물었다. "엄마는?" "반상회에 갔어." 딸이 씩 웃더니 당신의 머리카락과 코와 뺨을 꼬집어 뜯었다. 어쩔 수 없이 침대에서 일어나자 머리가 어지러웠다. 티셔츠에 면바지를 꿰입었다. 두꺼운 파카를 걸쳤다. 딸을 데리고 놀이터로 나갔다. 평일 저녁나절 그곳에서 만나곤 하던 두 남자도 산책로에 나와 있었다. 아내들이 반상회에 참석해서 오랜만에 날이 화창하게 개었는데도 꼼짝없이 아파트 안에 갇혔다며 그들은 불평을 쏟아냈다. 반상회에선 비상대책회의가 한창이라고 했다. 아파트 안팎으로 흉흉한 소문이 끊이지 않고 있으니 당연한 일이었다. 주로 콜라를 마시곤 하던 남자는 의기소침한 낯빛이었다. 그는 집을 사면서 받은 대출금을 막을 길이 막막하다며 하소연을 늘어놓았다. 시세가 떨어져서 빼도 박도 못하는 애물단지가 되었다며 말끝에 짧은 욕설을 내뱉기까지 했다. 동네에서 실종 사건이 일어난 것도 모자라, 불에 탄 주검이 실종된 여자와 동일 인물이라는 보도까지 나갔으니 한동안은 절대로 집값이 상승하지 않을 거라고 투덜거렸다. 그러자 주로 담배를 피우던 남자가 여유로운 표정으로 며칠만 더 기다려보라며 그를 위로해주었다. 이번 사건이 전화위복이 될 수 있다는 그의 추측설이 벌어진 벽의 틈새로 기어 나오는 바퀴벌레처

152

럼 조심스러웠다. 며칠 뒤 복합쇼핑몰이 학원센터로 개관한다는 사실이 엉뚱하기만 했던 그의 의견을 뒷받침해주었다. 긴가민가했던 반상회의 계획이 실제로 이뤄졌다는 것이었다. 그들의 대화는 지난밤에 먹은 고기찜에 대한 품평으로 이어졌다. 전날 그 요리를 먹지 않았던 당신은, 침묵했다.

"이게 돼지고기라는 게 말이 됩니까? 지난여름에 몸보신 좀 하려고 개고기를 먹었는데 아 글쎄 어제 먹은 돼지고기 육질이 딱 그 짝이더라니까. 입에서 설설 녹아버리는 게."

"그럼 혹시 개고기가 아닐까요?"

"그래서 내가 이참에 가계부를 한번 들춰봤지. 그런데 어제 오후에 장 본 기록을 보니까 분명히 돼지고기를 샀던 거야."

"하긴 돼지고기보다 개고기가 더 비싼데 속일 이유가 없죠."

"그렇다면 혹시 다른 고기는 아닐까요?"

"아니 그러니까 그게 무슨 고기냐고."

"혹시 이 여편네들 대형 학원센터를 유치할 것이네 어쩌네 하면서 오밤중에 단체로 어디 가서 싼값에 개를 끊어 오는 거 아냐? 단체로 개 파는 놈이랑 붙어먹은 거 아니냐고."

두 남자가 낄낄거렸다. 조용히 듣기만 하던 당신은, 겨우 한마디 내뱉었다.

"그런데 왜 텅 비어 있던 파크세븐 안에서 그 여자가 발견된 걸까요? 그 여잔, 반상회가 눈엣가시 취급하던 여자가 아니었습니까."

두 남자가 헛소릴 들은 것마냥 당신을 빤히 쳐다보았다. 두 남자 중에 골초인 남자가 어의가 없다는 듯이 실소했고, 주로 콜라를 마시는 남자는 당신의 어깨를 툭툭 쳐주며 아직 술이 덜 깼나보다고 히죽 웃어넘겼다.

"가능성이 전혀 없는 건 아니겠죠."

두 남자의 눈이 휘둥그레졌다.

"그나저나 덕분에 저희들까지 맛있는 요리를 먹고 있으니 언제 한번 밖에서 한턱 내야겠어요."

콜라를 마시던 남자가 당신에게 말했다.

"맞아요, 왜 진즉에 얘기해주지 않으셨어요. 그 요리 전수자가 지나 엄마라고요. 정말 결혼 잘하신 겁니다. 땡잡으신 거예요."

그들과 헤어진 당신은, 딸을 데리고 아파트 현관으로 들어갔다. 엘리베이터에 뽀로로 안장이 달린 네발자전거를 먼저 밀어 넣었다. 딸의 손을 새삼 꽉 움켜쥐고 엘리베이터에 올라탔다. 집으로 올라가는 엘리베이터 안에서 딸이 연거푸 트림을 했다. 다리를 쭈그리고 앉은 당신은, 빨간 코트 속으로 손을 집어넣어 팽팽하게 부푼 딸의 배를 쓰다듬어주었다. 등도 가볍게 두들겨주었다. "아빠, 나 어제 토했어. 엄마가 고기를 줬는데 목에 가시가 걸린 거야." "생선도 아닌데 가시가 왜 걸려?" "몰라. 그래서 토했는데 뭐가 나왔어." "뭐?" "빨간 손톱."

엘리베이터 안에선 고요한 진동음이 울렸다. 엘리베이터 문이 열리자 1201호, 당신의 집 호수 푯말이 달린 현관문이 드러났다.
카드키를 대고 현관 문고리를 돌렸다. 손아귀에서 작은 뼈마디들
이 으스러지는 듯한 파열음이 깊게 고였다. 집으로 들어가자마자
딸이 당신의 넓적다리에 매달려서 놀아달라고 졸랐다. 술기운이
완전히 가시질 않아 당신은, 속이 메스껍고 머리가 어지러웠다.
손바닥으로 얼굴을 벅벅 문지른 후에 몇 달 전부터 내내 딸이 보
았던 도라 시리즈 중에 하나를 비디오플레이어에 넣었다. 딸이 이
제 비디오를 보기 싫다며 제 방에서 장난감 바구니를 끌고 나왔다.
아이는 장난감들을 꺼내서 바닥에 늘어트렸다. 플라스틱으로 만
든 주방용품세트였다. 오븐기, 칼, 도마, 크고 작은 냄비들과 프라
이팬, 그리고 음식 재료들. 딸이 제 엄마 흉내를 내며 말했다. "오
늘은 계피 맛 나는 크리스피가 좋겠어." 멀건 눈길로 식탁 위를 보
던 당신은, 오색비단 식탁보를 거두었다. 하늘색 띠를 두른 접시
가장자리에는 빌딩숲이 에둘러져 있었다. 그 가운데 고깃점이 담
겨 있었다. 검붉은 소스가 군데군데 덩어리져 있었다. 사흘 전 저녁,
아내가 만들어놓은 당신 몫이었다.

　아내는 단단히 화가 난 게 틀림없었다. 며칠이 지나도록 요리
가 담긴 접시를 치우지 않은 걸 보니 이대로 버리지 않겠다는 결
연한 메시지일 것이다. 손가락으로 고깃점 하나를 집어 올리자 플
라스틱 주방용품으로 소꿉놀이를 하던 딸이 대뜸 소리쳤다. "더러
운 거야!" 슬그머니 고깃점을 떨어트린 당신이 거실 쪽으로 고개
를 틀었다. 플라스틱 칼을 쥔 딸이 그새 달라져 있었다. 딸의 한쪽

눈동자가 애플소스처럼 말캉말캉한 초록빛이었다. 조그만 입술엔 반짝이는 펄이 일어난 자주색 립스틱이 발라져 있다. 귓불에는 원석이 달린 링 귀고리를 하고 있었다. 아내와 닮은 구석이라곤 없었으나 기시감만은 뚜렷했다. 요리가 담긴 접시를 들고 음식물쓰레기 분쇄기가 있는 다용도실로 걸어가는 척하던 당신은, 딸이 칼질하느라 정신이 팔린 틈을 타서 얼른 발걸음을 화장실 쪽으로 옮겼다. 연기는 이미 빠져나갔는데도 눈이 매웠다. 파크세븐에 화재가 일어났던 날 그랬던 것처럼 욕실 타일 벽에 등을 기대고 앉았다. 타일 바닥에 육류 요리가 담긴 접시를 내려놓았다. 사흘이나 식탁 위에서 방치됐던 것이니 그동안 맛이 변질되지 않았으리라곤 장담할 수 없었다. 접시 위에서부터 스멀스멀 올라오는 냄새가 코를 비틀었다. 살아온 시간들이 돌기들을 일일이 자극하고 일으켜 세우는 냄새였다. 그 낯설고도 가까운 냄새가 콧속으로 맹렬히 파고들었다. 그게 무엇이든 꾸역꾸역 씹어 삼키면 그만이었다. 매끄러운 구멍이 뚫린 변기엔 당신의 말간 침 같은 투명한 물이 고였다. 메마른 입술이 기묘하게 일그러지며 뒤틀렸다. 입을 벌리기만 하면 당신은.

시네마

기준영

시끌벅적한 도심 거리를 걸을 때, 내 진짜 표정이 무엇인지 묻지 않는 인파들 속에 뒤섞여 상품을 고르고 차를 마시고 수다를 떨 수 있다는 사실은 가끔씩 즐거움과 위안이 된다. 그 거리의 어느 골목과 대로에 내 진짜 표정을 아무 경계심 없이 지어볼 수 있는 영화관, 박물관, 기도할 수 있는 마당과 누군가 애도할 수 있는 오래된 공간들이 공존한다는 것은 때로 내게 삶을 사랑할 수 있는 용기를 준다.

1972년 서울에서 태어났다. 2009년 단편소설 「제니」로 문학동네 신인상을 받으며 등단했다.

혜리는 석재와 육 년을 사귀었지만 청혼을 받지는 못했으며, 그녀 또한 청혼한 적은 없었다. 육 년은 짧은 시간은 아니었다. 서울에선 더더욱 그랬다. 보도블록이 교체되고, 건물들이 부수어졌다가 다시 세워졌으며 그들의 관계도 그랬다. 좋은 친구로 남자. 밸런타인데이 다음다음날 석재가 혜리에게 그렇게 말하던 때 혜리는 그게 처음 듣는 말은 아니었기에 그다지 놀라지는 않았지만, 어쩐지 이번엔 진짜 마지막이라는 예감이 들어서 그날 밤 그의 핸드폰에 간절한 메시지를 남기는 일은 하지 않았다. 이제 대다수의 연인들이 밸런타인데이나 크리스마스 이후에 헤어진다는 통계자료를 인터넷 기사에서 찾아내 읽으며 자신의 현재를 보편화해야 할 차례였다. 그런데 이튿날 밤 유성에게서 전화가 왔다.

"부탁이 좀 있어요."

유성은 석재의 동생이고, 석재와 혜리보다 네 살이 어렸다. 지난 육 년간 유성이 그들 연애사에 중요한 역할을 했던 적은 없었고, 헤어지는 데도 무슨 역할을 했던 건 아니었다. 그런데 이제 그는 그녀에게 어떤 역할을 요구했다.

"사랑 얘길 쓰는데, 여자를 잘 몰라서요. 여자를 알아도 뭐, 여자만큼 알아야죠."

"나 같은 여자 얘기면 형님이 전문가인데요."

혜리는 좀 차갑게 말했지만, 언제나 그랬듯이 존대어를 썼다. 누구에게나 그랬다. 직장 동료, 선배, 후배와 그들의 지인들에게 모두 다. 그녀가 스무 살 이후 편하게 말을 놓았던 사람은 몇 안 되었는데, 석재는 그런 사람들 중에서 그녀가 가장 가깝다고 느껴봤던 사람이었다. 그의 남동생은 그가 아니었다.

"안해요. 못해요."

그녀는 포옹을 거절하는 숙녀처럼, 핸드폰에 대고 정확한 발음으로 말했다.

"괜찮아요. 제가 잘할게요."

그는 이미 바지춤을 내린 연인처럼 말했다. 그래서 그렇게 그날의 인터뷰가 시작됐다.

유성과 혜리

날씨가 변덕스러웠던 그 2월 한 달 중에서도, 그날은 좀 유별났던 날로 기록됐다. 그러나 그 전날 밤 뉴스에서 기상캐스터는 다음 날은 전날만큼 쌀쌀하겠다는 정도로만 예보했다. 혜리는 모자가 달린 빨간색 반코트를 옷장에서 꺼내 챙겨둔 뒤 침대 위에 엎어져 잠이 들었다. 새벽녘에 그녀는 이상한 꿈 때문에 한 번 깨어났다. 꿈 내용은 눈을 뜨자마자 흩어졌지만, 누군가의 장례식에 갔던 것만은 희미하게 기억이 났다. 그녀는 자리에서 일어나 얼굴을 감싸 안고는 침대에 걸터앉은 채 좀 울었다. 그리고 다음날 아침이 되어 거울 앞에 서서 퉁퉁 부은 자기 눈두덩을 쳐다보며 유성에게 전화를 걸었다.

"안 되겠어요."

"왜, 형 땜에요?"

혜리는 순간 좀 놀랐지만, 이내 그게 석재와 데이트가 있냐는 평범한 질문일지도 모른다고 생각했다.

"친구 아버지가 돌아가셨어요."

"제가 기다릴게요."

유성은 약속 날짜를 다시 미루어 잡자는 말을 이어가려 했는데, 혜리가 거기다 대고 대뜸 병원 이름을 댔다. 그 바람에 그는 잠깐 말이 막혔다. 그녀는 그럼 오후 두시에 명동성당 사거리 쪽에 있는 백병원 앞으로 오라고 말하고는 전화를 끊었다.

혜리가 병원 앞 벤치에 앉아 유성을 기다리는 동안 눈이 내리기 시작했다. 목발을 짚은 남자애 하나가 환자복 위에 초록색 파카를 걸치고서 벤치 쪽으로 다가와 담배에 불을 붙였다. 그 뒤로 중년 여자가 꽃무늬 홈드레스 차림으로 걸어와 자판기에서 커피를 한 잔 뽑았다. 그 둘은 담배와 커피를 바꾸어 들고서 벤치에 앉더니 여자는 담배를 피우고, 남자애는 커피를 한 모금 마셨다. 혜리는 눈을 맞으며 핸드폰을 들여다보다가 문득 고개를 들었다. 유성이 자기 쪽으로 걸어오는 것이 보였다. 그녀는 핸드폰의 전원을 껐다.

"내가 많이 좋아했거든요."

혜리는 인사보다 먼저 그렇게 말을 건넸다. 유성이 혜리의 부은 눈두덩을 살피면서, 뭐든 죄다 수긍할 수 있다는 듯이 고개를 끄덕이고는 물었다.

"친구요? 친구 아버지요?"

혜리는 그 순간 유성이 정말 아무것도 모르는가보다고 판단했다.

"암튼 개보다 내가 더 울었어요."

혜리가 그렇게 말하며 코트에 달린 모자를 뒤집어쓰고는 유성의 옆에 다가섰다. 둘이서 병원 입구를 빠져나와 사거리 쪽으로 걸었다. 횡단보도 앞에 다다라서야 유성은 혜리의 코트 소맷자락을 잡았다 놓으며 조심스레 물었다. "근데, 색깔이 이래서 괜찮았어요?" 혜리는 대꾸하지 않았다.

신호등이 초록색으로 바뀌었다. 혜리는 빠른 걸음으로 앞서 나갔다. 유성이 그 뒤를 천천히 따라갔다. 눈발이 굵어지며 바람에 마구 흩날렸다. 혜리가 길을 다 건넌 뒤 돌아서서 유성을 기다렸다. 큰 키에 구부정한 어깨, 좁은 이마가 다 드러나 보이도록 짧게 다듬은 앞머리. 그가 웃을 때는 눈이 가늘게 되어 눈동자가 사라지면서, 벌어진 입술 사이로 가지런하고 하얀 치아들이 드러났다. 보통의 키에 어깨가 넓고 이마가 좀 튀어나온 형과는 많이 다른 외모였다. 석재는 자기네 형제가 겉모양만큼이나 성격도 다르다는 얘길 그녀에게 몇 번 해줬다. 동생이 사춘기를 좀 요란스럽게 보낸 편이었고, 최근엔 비타민과 관련된 회사에 입사했으며, 평일 밤과 휴일에는 혼자 시나리오를 쓴다는 것, 그리고 일찍부터 집을 나가 산 무심하고 엉뚱한 녀석이라는 것, 형제가 데면데면하다는 것도. 하지만 그 무심한 녀석은 어쨌든 석재와 혜리가 부산으로 여행을 가던 때 손수 방을 잡아주고, 숙소 근방의 맛집과 편의시설 정보를 두 사람 모두에게 이메일로 넣어준 사람이기도 했다. 트래비스와 아델에게, 프롬 유성(혜리의 이메일 아이디는 아델이었고, 석재는 트래비스였다).

석재와 싸우고 헤어졌다 다시 만나는 걸 반복하는 동안, 혜리는 유성과 커피를 한 번, 밥을 두 번 함께 먹었다. 세 번 다 석재와 셋이서. 전부 합해 세 시간을 넘기지 않았던 만남이었다. 그중 한 번은 유성이 눈두덩에 퍼렇게 멍이 든 채로 하얀 면 티셔츠에 피를 묻히고 나타났다. 그때 석재는 혀를 찼다. 유성은 말없이 미소 지었고, 혜리는 이직을 준비하느라 탁자 위에 면접 예상 질문들과 관련 정보를 늘어놓고 살펴보고 있었다. 아이들 문구류를 주로 만

들어 파는 회사였다. 그녀가 중얼중얼 혼자서 말하다가 미소 짓다 눈을 깜박이며 고개를 들었을 때, 석재는 그녀를 보고 은근한 눈길을 보내며 손등으로 턱을 괴었다. 그 옆에서 유성은 햇빛이 쏟아져 들어오는 창 쪽으로 고개를 튼 채 밖을 내다보고 있었다. 부신 빛 때문인지 그는 얼굴이 약간 일그러져 있었는데, 얼마 안 있어 가방을 챙겨들고 자리를 떴다. 주문했던 커피의 절반 정도를 머그 잔에 그대로 남겨둔 채로. 이런 게 그녀가 아는 그의 전부였다.

유성이 길을 건너와 혜리의 옆에 다가섰다. 그는 점퍼 주머니에서 포켓캠코더를 끄집어냈다. 그리고 그걸로 눈 내리는 하늘과 빌딩들, 지나치는 버스와 맥주박스를 실은 트럭, 택시, 행인들의 모습을 훑더니 고개 숙여 젖은 길바닥을 화면에 담고는 정지 버튼을 눌렀다. 혜리는 유성을 따라서 발끝으로 시선을 떨어뜨려보았다가, 문득 자기의 온전한 자기가, 또 그런 자신의 온전한 남이 되고 싶다는 생각을 했다. 그녀는 한 편의 영화 주인공처럼 "이 길은 내가 잘 아는 길이지만, 잘 모르는 길이었으면 좋겠어요"라고 말하더니, 그런 건 다 그냥 해본 헛소리라는 듯이 고개를 좌우로 흔들었다. 그녀는 갑자기 웃었다.

그들은 커피전문점에 자리를 잡을까 해서 두 군데를 들어가 둘러봤지만 결국 그냥 걷기로 했다.

"많이는 못 도와요. 성실하지도 않을 거예요. 오늘은 기분이 별로예요. 어제가 괜찮았단 건 아니고요."

혜리는 수다스러워졌다.

"딜레마가 있나요? 러브스토리에는 장애물이 있어야죠? 뭘 장애물로 할 건데요?"

질문들도 한꺼번에 쏟아냈다.

"아직 주인공들 이름도 못 정했는데요."

"무책임한 사람! 대책이 없네요."

혜리가 힐로 땅바닥을 탁탁 가볍게 치면서 타박했다.

"누가요? 제가요?"

유성이 물었다. 그래서 혜리는 그를 다시 올려다봤다. 정말은 뭘 알아냈기 때문에 날 보자고 했던 건 아닐까. 혜리는 잠깐 유성의 눈을 들여다보았지만 그때 그들이 서 있던 길을 향해 관광버스 두 대가 줄지어서 한쪽 골목으로부터 빠져나오고 있었으므로 둘 다 길을 비켜서야 했다.

"여기서부터 저기까지가 다예요. 저기서 난 택시 타고 집에 가려고요."

관광버스가 떠나간 뒤 혜리가 유성에게 다가와 말했다. 유성은 혜리가 말한 여기와 저기를 눈으로 가늠해봤다. '여기'는 그들이 서 있는 가톨릭회관 근처였고, '저기'는 롯데백화점 맞은편의 명동 입구였다. 길지 않은 직선거리. 유성은 곧 신중한 자세로 이런 말을 했다.

"딜레마는, 있어요, 그니까."

그리고 그는 명동성당 쪽으로 방향을 틀어 오르막길을 올랐다.

유성이 성당 정문께 멈춰 서서 신발 끈을 고쳐 묶었다. 뒤따르던 혜리가 서성이다 거기 서 있는 안내문을 들여다봤다. 사적 제258호. 1892년에 짓기 시작해서 1898년에 완공됐다. 바람이 잦아들었다. 성당을 지을 만한 시간 동안 연애를 했던 남자의 동생과 걷는 길은 이상한 꿈과 꿈 사이의 순례 같았다. 사제관 앞의 단풍나무 밑을 걸어 나갈 때, 눈은 멈췄고 그녀의 마음도 고요해졌다. 유성이 양손을 주머니에 찔러 넣은 채, 딜레마에 관해 말했다.

"남자가 감옥에 갇혔거든요."

유성은 남자 주인공의 잭나이프와 모든 일이 파탄 난 6월의 어느 아침, 여자 주인공의 흔들리는 눈동자와 부서진 유리창, 거리를 뛰어다니던 아이들이 내지른 비명소리, 그리고 그 전날의 저녁식탁과 노란 조명, 투박하지만 아름다웠던 원목탁자와 꽃병에 대해 얘기했다.

"그리고 다른 남자가 나타나나요?"

혜리가 묻자, 유성은 잠깐 걸음을 멈추었다. 그는 다시 포켓캠코더를 꺼내들고 지하성당 고해소 앞으로부터 붉은 벽돌로 쌓아올린 건물을 훑어 올라갔다. 그때 올려다본 외벽의 유리창 안쪽에서 누군가의 얼굴이 나타났다 사라졌다. 그리고 그 길을 돌아 나와 성모상 앞에 다다랐을 때는 연두색 한지로 감싸인 조그마한 화분 하나가 바라보였다.

"기도해본 적 있어요?"

혜리가 유성에게 물었다.

"종교는 없어요."

유성이 대답했다. 혜리는 처음 걸어봤던 변두리 길가에서 작고 예쁜 교회를 만났던 걸 기억했다. 거기 들어가서 애인과 기도를 하고 서로에게 기도의 내용을 말하지 않았던 것, 교회 밖으로 나오면서 그가 자기 왼쪽 어깨에 손을 올리던 때 사람들이 지나가다 그들에게 길을 물었고, 둘이서 한꺼번에 고개를 가로저으며 천진하게 웃었던 것도. 그 애인이 석재는 아니었다. 그녀의 첫사랑은 그보다 멀고 아련했다. 그녀는 그 추억을 떠올리며 누군가에게 들었던 다른 얘기를 했다.

"어떤 여잔 남자가 셋 있었는데, 두 사람하곤 학교 다닐 때 캠퍼스에서 만났고, 한 사람하곤 쇼핑몰에서 만났대요. 새로 들어간 벤처회사에는 손님들이 늘 들고 났고, 보고서를 많이 작성했다거든요. 그 여자는 주로 자료 수집하는 일, 손님들 접대하는 일을 했는데, 어느 날 점심시간에 회사 건물 밖으로 나가서 회사로 다시 돌아가지 않았대요. 쇼핑몰에서 노래하는 남자한테 반해서요. 그 남자는 아주 신나는 노래를 슬프게 부르는 재주가 있었는데, 노래 부르는 일을 하기 전에는 봉산탈춤도 췄대요. 쇼핑몰 앞에서요."

"설마."

"진짜. 여기 왔었다고도 했어요. 무슨 기도 했을까?"

혜리는 이어서 "나도 종교는 없어요" 하고 말하더니 지갑에서 천 원짜리를 한 장 꺼냈다. 그녀는 그걸 들고 봉헌함으로 다가가 그 안에 지폐를 접어 넣고는 진열대에서 작은 컵초를 하나 골라 꺼내 들고 불을 붙였다. 그 진열대 옆의 촛불 봉헌대 안에서 사람들의 소망과 염원들이 작은 불꽃들로 타오르고 있었다. 혜리는 들고 있던 초를 조심스레 그 안으로 밀어 넣고는 문을 닫았다. 유성은 그 모습을 가만히 바라보다가 고개를 숙였다.

"제가 부족한 건지."

혜리가 다가오자 유성이 그렇게 말하며 손가락으로 자기 입술을 만지작대다가, 다시 그 손을 입술에서 떼어내며 말했다.

"그런 여자들을 잘 모르겠어요."

그들이 성당을 한 바퀴 돌고 올라왔던 길을 다시금 내리막으로 바라보고 섰을 때는 YWCA 건물과 금융, 증권, 은행 자로 끝나는 건물들이 그들 앞에 늘어서 있었다.

"형은 저보다 사촌들이랑 더 친했어요. 매사에 서로 경쟁적이었는데, 나중엔 서로 경쟁사에 들어가데요. 형은 센스가 있어요. 그죠?"

유성이 그렇게 혜리에게 질문을 던졌다. 그 말은 맞았다. 석재는 자기한테 손해가 될 일을 저질렀던 적은 한 번도 없었다. 감이 좋은 투자자 같은 데가 있었다.

"난 형한테 마이너스 통장 같은 여자였을 거예요. 난 돈이 많이 드는 여자거든요."

혜리가 대답했다. 거짓말이었다. 하지만 그래놓고 보니 못된 년이 된 것 같은 기분이 들었고, 그게 나쁘지는 않았다. 그녀는 이따금 석재에게 너처럼 착하고 좋은 애는 없다는 말을 들었다. 두 사람이 영원할 거라는 말도 나눴다. 바닷가. 모래사장. 바람에 떠오른 모자를 잡아 다시 쓰면서 그녀는 웃었고, 그도 웃었다. 혜리는 갑자기 입을 다물었다. 유성에게 자기가 그의 형한테 어떤 여자인지를 조금 전에 과거형으로 말했다. 센스가 없었다. 아니면 그걸 알아차리지 못하고 곁에서 걷고 있는, 그 센스 있는 남자의 이 키 큰 남동생이 센스가 없는 거였다. 유성이 포켓캠코더를 가까이 들고 상점들의 모습을 담았다. 그들 앞에는 '명동음악사'란 작은 음반점이 서 있었고, 그 양옆은 각각 이름이 다른 돈가스 전문점이었다. 유성은 포켓캠코더를 이번에는 혜리 쪽으로 돌렸다. 음반점에서 노래가 흘러나오고 있었다. 마이클 잭슨이 부르는 「스마일」. 혜리가 아직 부기가 가시지 않은 눈꺼풀을 가리려고 모자 끝을 끌어내렸다. 고개를 돌리지는 않았다. 행인들이 그들을 비켜갔다.

아델과 트래비스

목에다 식당 광고판을 건 남자가 눈을 감은 채 고개를 뒤로 꺾었다. 혜리도 남자를 따라 하늘을 올려다보려다가 말았다. 남자의 얼굴에는 표정이 없었고, 광고판 속의 딱따구리 캐릭터만이 웃고 있었다. 소문난 식당. 요리 프로그램 '달인의 전당'에 나온 주방장이 요리함. 불고기백반과 기막힌 만두.

"트래비스."

유성이 말했다.

"이름이 아직 없으니까 일단 트래비스라고 칠게요. 감옥 간 남자요."

"예."

"트래비스가 감옥에서 나오니 아델이 냉담해졌어요."

유성이 그렇게 말하자, 혜리가 입술을 약간 실룩거리며 반응했다. 아델. 그들이 지나치고 있는 명동예술극장 앞의 나무 한 그루 아래에서 머리칼을 길게 기른 남자 외국인 둘이 악기를 연주했다. 네모난 여행 가방을 열어놓고서. 챙이 넓은 모자에 망토를 두르고서. 흰 목도리로 목을 칭칭 감은 여자가 그 여행 가방 가까이 다가가 허리를 구부렸다가 다시 돌아서서 걸어 나오더니 골목길로 방향을 틀었다. 눈이 다시 내리는가 싶더니 비로 변했다. 유성과 혜리는 은행 건물 안으로 뛰어들어가 비를 피했다. 유성은 비 오는 거리 모습을 포켓캠코더에 담고는 자기에게만 보이는 스크린이 그 거리 어딘가에 있는 것처럼, 그가 상상으로 보고 있는 그림을 혜리에게 얘기해주기 시작했다. 트래비스에 관한 거였다.

트래비스는 중학교 교사인 어머니와 가구점을 하는 아버지 사이에서 태어났다. 어렸을 때는 수줍고 말을 더듬어서 그 어머니의 근심거리였다. 아버지는 가끔씩 아들을 차에 태우고 시내를 돌았다.

아들은 아버지를 좋아했다. 트래비스는 변성기를 겪으면서 희한하게 말 더듬는 버릇을 고쳤다. 어느 날 아침 매력적인 중저음의 목소리로 아들이 주방에서 또박또박 라즈베리 소스를 곁들인 오리구이 레시피를 읽는 소리를 듣고서 그 어머니는 가슴이 두근거렸다. 트래비스는 그날 여섯 가지 요리를 저녁 식탁에 올려놓았고, 가구점에서 돌아온 아버지는 당연하다는 듯이 밥을 두 그릇 먹었다.

부모는 그때 아들이 요리사가 될 줄 알았다. 칼을 잘 다루고 목소리가 좋은 요리사. 그러나 트래비스는 나쁜 친구들과 어울렸고 (그 친구들의 부모들은 트래비스가 제일 나빴다고 증언했지만), 인생은 생각만큼 잘 풀리지 않았다.

트래비스의 아버지는 아들에게 가구점을 물려주고 싶어했지만 경기가 나아지지 않았기에, 운영이 어려워진 가구점을 친구에게 팔아넘겨야 했다. 생계는 주로 어머니가 책임졌다. 어머니는 아직 해마다 남편의 겨울옷을 뜨개질해 입힐 만큼 남편을 아꼈지만, 다른 로맨스도 있었다. 어느 겨울 트래비스의 어머니는 남편을 떠났고(그래서 그녀에게 새로운 인생이 시작된 것인지는 알 수 없지만), 감옥에서 돌아온 트래비스는 평범한 가장이 된다. 자기 차에 말을 잃은 아버지와 앳된 애인을 태우고서 불빛이 넘치는 거리를 물처럼 흘러가는 어느 휴일 저녁, 라디오에서는 귀에 익은 연주곡이 흘러나온다.

혜리가 웃었다. 비는 거리를 적시고서 지나간 뒤다.

"그 어머니가 아델인 건가요, 그럼?"

혜리가 웃음을 거두고 물었다.

"아니 마지막에 차에 탄 앳된 여자가요."

"아이고. 갈 길이 좀 멀겠어요."

혜리가 모자를 벗으며 거리로 나와 다시 걸었다. 유성은 고개를 수그리고 그녀를 뒤따랐다. 낙담이 되지는 않았다. 그가 아는 사람들과 그가 아는 사람들의 또 다른 아는 사람들의 인생이 담긴 이야기였지만, 결과적으로 전혀 다른 이야기였다.

명동 입구가 가까워올 즈음, 목청이 좋은 중년 남자가 가슴에 띠를 두르고 나타나 "심판의 날이 가까워 오니 주 예수를 믿으십시오. 예수 천국, 불신 지옥!"이라고 외쳐댔다. 이번에는 혜리가 그 남자를 피해 방향을 틀어 골목길로 들어서면서 말했다.

"주인공 여자가 입을 만한 옷을 골라볼게요. 계산은 자기가 하고, 옷은 내가 입고요."

유성이 어리둥절해져서 눈을 깜박였다.

"그럼 저기 가서 내가 따뜻한 음식을 사고 내 얘길 해주는 걸로 요."

혜리는 손가락으로 아무 곳이나 찔러 가리키며 말했다. 그렇게 해서 그들은 골목길로 들어서서 두번째로 만나게 된 옷집에서 스웨터 하나를 골랐고, 그다음은 명동 입구께 서 있는 상가 건물에 올라 조용한 식당을 찾아보기로 했다. 그들이 고른 옷은 결국 평범한 아이보리색 스웨터에 불과했다. 그걸로 합의를 보기까지는 말

씨름하는 시간 십 분 정도가 소요됐다. 그 스웨터가 감옥에서 나온 트래비스가 아델에게 주는 선물로 변화하는 데는 일 분이 채 안 걸렸다.

그들이 자리 잡은 3층의 일식집은 좁고 길었다. 검정색 테이블과 의자들이 출입구부터 반대편 모서리까지 가지런히 이어졌다. 창으로 거리가 내려다보였고, 카운터에는 연회색 나뭇잎 모양이 새겨져 있었다. 테이블 위쪽으로 하나씩 매달려 있는 노란 등 때문에, 유성과 혜리의 얼굴은 자리에 앉자마자 환하게 빛났다. 그들의 옆 테이블에서 나이 든 여자와 어린 여자가 우동과 초밥을 나눠 먹었다.

"엄마!"

어린 여자가 미소를 지으며 나이 든 여자를 쳐다봤다. 나이 든 여자가 초밥에 간장을 찍어 어린 여자의 접시에 놓아줬다.

"저번에 정말 연락하려고 했는데 나도 친구들하고 지내고 하다 보니까 또 잊어먹은 거야. 그날 밤 있잖아, 열이 많이 나가지고 내가 헛소리를 했다는데, 나는 모르고 꿈만 계속 꿨던 거야. 근데 꿈속에서 아빠가 우리 집 천장에 구멍이 뚫렸다고 지붕으로 올라간다는 거야. 좋은 꿈인지 나쁜 꿈인지 모르겠는데, 깨고 나서 가슴이 벌렁거리는 거야. 그런데."

그런데 그녀의 아버지는 그 다음날 다리를 다쳤다. 어린 여자는 집에 연락을 못하고 시험을 봤다. 나이 든 여자는 오전엔 남편이

치료받고 있던 대전의 병원에서 보냈고 그 밤엔 서울에서 어린 딸이 우는 걸 지켜봤다.

유성이 정식세트를 주문하고 나서 포켓캠코더의 녹화 버튼을 누르고는 테이블 위에 그걸 놓았다. 음식점의 조명과 천장의 모습 속에 그들의 목소리가 담기게 됐다.

"어디서 태어났어요?"

유성이 물었다.

"여의사가 하는 산부인과에서요."

"자랄 땐 어떤 아이였어요?"

혜리가 웃었다.

"모든 걸 믿는 애였던 것 같아요."

혜리가 그러고서 잠깐 머뭇거렸다. 그녀는 핸드폰을 가방에서 꺼내 켰다. 좋은 조건으로 대출을 받아가라는 광고 메시지, 그녀의 친구가 왜 핸드폰을 꺼두느냐고 따져 물으며 시작하는 안부 메시지, 카드 결제금 확인 메시지, 그 밖에 전원을 꺼두어 못 받은, 그러나 받지 않아도 큰일 날 일이 없는 전화 몇 통. 석재의 메시지는 없었다. 그녀는 핸드폰을 식탁 위에 놓아뒀다.

"왜 시나리오를 써요?"

이번에는 혜리가 물었다.

"왜 일찍 집을 나왔어요?"

대답은 두 번 다 돌아오지 않았다.

"두 질문이 상관 있나요?"

혜리가 다시 고쳐 묻자, 유성이 꼭 그렇지는 않지만, 몇 가지 가정에 가정을 더하면 그럴지도 모른다고 대답했다. 옆 테이블이 조용해졌다. 그러니까 두 테이블이 모두 조용해진 거였다. 그 가정들에 대해서 혜리는 궁금하지 않았다. 그래서 더 묻지 않고 물을 한 모금 마셨다. 옆 테이블에서 다시 대화가 이어졌다.

"이불 새로 사야 돼. 엄마가 봐줄 거야?"

"뭐든. 너도 엄마 봐줄 거야?"

옆 테이블의 모녀가 서로에게 질문했다.

"좋았던 일은요?"

"나에 대해서 조금씩 더 알아갈 때요. 연애할 때요."

"나빴던 일은요?"

"좋았던 때를 가끔씩 나쁘게 생각하게 될 때요."

모녀의 옆 테이블에서 유성과 혜리가 문답했다. 종업원이 유성과 혜리의 테이블로 주문한 음식들을 놓고 갔다. 그들은 밥과 국을 떠먹기 시작했다. 혜리는 아델에 대해 알 것 같았다. 그녀가 아는 아델은, 그녀를 닮은 아델이었다.

아델은 어머니보다 열세 살 많은 아버지 밑에서 자라났다. 그게 아버지의 두번째 결혼이었는데, 두번째 결혼 생활 역시 오래가지 못했다. 아버지는 자상했지만 엄격했고, 첫번째 결혼에서 실수했던 것들을 두번째 결혼에서 모두 만회하려 했다. 어머니는 아델과 많이 닮지 않았다. 정돈할 줄 모르는 여자여서 사방을 어지르고 다녔다. 물건이건 사람이건, 그녀가 스쳐간 자리는 곧장 어수선해졌다. 아델의 아버지는 그런 어머니를 사랑하고 또 미워했지만 티내지 않았다. 부부가 헤어질 때도 그랬다. 아버지에게 그건 아직 완전히 정리되지 않은 무엇이었고, 어머니에게는 다른 어질러진 관계들의 연장이었다. 어머니는 새로 결혼을 하지는 않았다. 다만 늘어놓은 자리를 떠나는 게 그녀의 습관인 만큼 한국을 떠나 언니가 살고 있는 캐나다로 갔다. 그곳에서 그녀의 언니가 운영하는 식당의 자리 배열을 헝클어트리면서, 그 언니의 비난을 흘려들으며, 나름대로 자기 삶에 회의하지 않으려 노력하는 생활을 하고 있을 것이다. 아델의 첫사랑은 그녀에게 금세 싫증을 냈다. 두번째는 길게 이어졌지만, 첫번째보다 아팠고, 그만큼 그녀를 성마르게, 또 초연하게 했다. 첫번째 사랑이 시작되었을 때와 끝났을 때, 그리고 두번째 사랑이 아팠을 때와 행복했을 때, 그녀는 자기가 머물렀던 공간들과 시간들, 전경들과 후경들을 사진 찍어 그 엄마에게 우편으로 보냈다. 답장은 없었지만, 특별한 코멘트를 바랐던 적은 없었으므로, 그대로 괜찮았다. 흥미로운 점은, 그녀가 엄마처럼 그렇게 무정해 보이는 데가 있는 사람들을, 어딘가로 떠나가는 것처럼 보였던 사람들을 때로 이해하고 싶다는 마음으로 바라보게 된다는 거였다.

옆 테이블의 모녀가 일어섰다. 얼마 안 있어 그녀들의 모습이 창밖으로 내려다보였다. 모녀가 연인처럼 팔짱을 끼고, 헤리와 유성이 걸어 내려왔던 길을 반대로 거슬러 오르고 있었다. 편의점과 커피전문점과 성형외과와 은행과 치과와 운동화전문점과 화장품전문점들로 들고 나는 인파들을 스치며, 어느 다른 길, 다른 골목으로 접어들면서, 이내 시야에서 사라지게 될 것이다. 그녀들은 가던 걸음을 멈추고 한 번, 동시에 뒤를 돌아다봤다. 뭔가를 망설이며 찾듯이. 그러고는 서로 얼굴을 마주보고서 고개를 끄덕였다 흔들었다 하다가 도로 고개를 돌려 전보다 빠른 속도로 걸어 나갔다.

시네마

 거실의 커튼 색깔은 집 안의 모든 것 중에서 가장 희다. 그다음은 전등갓. 진갈색 장식장은 가장 어둡다. 다음은 소파. 거기 모로 누워 있는 남자의 발이 보인다. 매끈하다. 그의 구두들도 아마 정결할 것이다. 연인의 집 신발장 앞에서 뒹굴고 있을 때조차도, 눈에 띄게 두 짝 다 광이 날 것이다. 하지만 이곳은 연인의 집이 아니고 오래된 아파트 5층, 그의 집이다. 아래층에 사는 여고생은 주말 오후가 되면 언제나 그랬듯이 텔레비전의 볼륨을 높인 채 오락 프로그램들을 돌려 보면서 간혹 자지러지게 웃고 있다. 그는 일어나서 청소기를 돌리기 시작한다. 그의 아버지가 방문을 열고 거실로 나와 물을 한 컵 따라 마시고서 작은아들이 지난달에 보내준 비타민은 그전에 보내준 비타민보다 목 넘김이 좋다고 한다. 전에 것은 알이 너무 커서 삼킬 때 역했다고. 그지, 석재야? 청소기는 소음이 적은 편이지만, 석재는 아래층에서 울려나오는 박장대소에 신경을 곤두세우다가 아버지의 말을 놓쳐버린다. 뭐라고요? 그는 아버지에게 다가가지만, 아버지는 대수롭지 않게 아들의 등짝을 한 손으로 살짝 밀어내고는 다시 방으로 들어간다.

그는 청소기를 다 돌리고 난 뒤에는 원두커피를 내려 마시고, 그 다음에는 와이셔츠의 목 부분을 성능이 좋은 세제로 비벼 빨고, 옷 몇 벌을 꺼내 다림질을 한다. 그는 주머니에서 핸드폰을 꺼내서 다림판 옆에 놓아둔다.

일식집 문이 열리며 여학생 셋이 들어선다. 그들은 유성과 혜리가 앉아 있는 테이블을 코트 자락으로 스치며 지나가 그 열의 끝자리에 모여 앉는다. 혜리가 정사각형의 접이식 양면 손거울을 펴서 자기 눈두덩과 입가를 살펴보다가 거울의 각도를 조금 틀어 뒤쪽의 좌석을 비추어본다.

"형을 첨 봤을 때는 언제, 어디였어요?"

"초여름, 일요일, 대중탕 앞이요."

"들어가는 길이었어요, 나오는 길이었어요?"

유성이 그렇게 묻고는 고개를 젓는다.

"이 질문은 좀 변태 같죠?"

혜리는 다시 거울을 접어 가방에 넣는다.

"아뇨. 들어가려다 못 들어간 길이었어요. 내부수리 중이라고

해서."

혜리는 망설이며, 고개를 갸웃하며, 귀 뒤로 넘긴 머리칼을 다시 빼서 턱 쪽으로 잡아당겨와 만지작대며 말한다.

"굉장히 공손하게 길을 물어오기에 가르쳐줬는데 가지를 않더라고요. 고맙다고 커피를 사겠다는데, 믿을 수 없겠지만 내가 따라갔어요. 목욕 바구니 들고서요."

그렇게 말하고는 갑자기 표정이 잠깐 정지된다. 그리고 이내 다시,

"죽음이 그렇게 가깝다고 생각하면 정말. 그 친구요. 아니, 친구 아버지요. 너무하죠."

유성은 포켓캠코더를 자기 쪽으로 당겨온다. 가벼운 심호흡. 배터리아웃.

석재는 방으로 들어간다. 다림질을 마친 옷들을 옷걸이에 걸어두고 책상 쪽으로 다가간다. 그의 책상 위에는 와이드 모니터가 딸린 최신 컴퓨터와 책들, 남성용 스킨과 로션, 다이어리, 노란색 포스트잇이 놓여 있다. 내주 수요일까지는 기획안을 마무리 지어 결재를 받아야 한다. 그는 컴퓨터를 켜고 파일을 불러온다. 파일이 열리자 그걸 열심히 들여다본다. 눈을 깜박이다 부드러운 솔로 모니터의 먼지를 털어내고, 서랍을 뒤적여 전자파 차단용 보안경을 찾고, 그걸 썼다가 다시 벗어 렌즈를 닦고, 다시 코끝에 걸쳐 쓴 뒤에 이마를 만지작대고는 파일들을 훑어본다.

"그건 어떤 전체 같아. 그런 걸 뺀 나머지를 인생이라고 말하는
건 두려운 일 같아요."

헤리가 말한다. 유성이 묻는다.

"형한테 전화해 나오라고 할까요?"

"네?"

헤리는 순간 표정이 멍해진다.

"아니, 이럴 땐 혼자 있게 해줘야겠죠. 저도 알아요."

유성은 그렇게 말하면서, 자기 말이 이상하게 들린다고 생각한
다.

"프로젝트가 한창이겠죠."

유성은 다시 고쳐 말한다.

"우린 싸웠어요."

헤리는 그렇게 말해놓고 입술 끝을 잘끈 씹는다. 거짓말. 그렇게
단순하진 않았다.

"이게 백만번째야."

그녀는 간신히 웃는다. 이건 거의 참말.

석재는 발가벗고 욕조로 들어간다. 물이 뜨겁다. 상체를 점점
물속으로 끌어내려 코끝까지 남김없이 잠기게 한다. 하나. 둘. 셋.
그는 숨을 참다가 물 밖으로 머리를 내민다. 푸! 그를 놀라게 하
려고 바닷물 속에서 숨을 참고 있다가 떠올라 웃던 헤리의 모습이

떠오른다. 모래사장으로 다시 걸어 나왔을 때는 그녀 머리칼은 등에 착 달라붙어 있었고, 튼튼하고 매끈한 두 다리와 팔이 태양 아래 빛났다. 그는 그녀의 젖은 목덜미에 입을 맞췄다. 그가 화가 나 있거나 지쳐 있을 때면, 그녀는 자기 표정을 숨기고 한동안 나타나지 않았다. 열어놓은 옷장의 문짝 뒤로, 상점의 상품 진열대 사이로, 다른 사람들의 그림자 속으로. 그는 커다란 흰 타월을 몸에 두르고 화장실에서 나온다. 젖은 머리칼에서 물이 뚝뚝 떨어진다. 침대 끝에 걸터앉아 핸드폰을 만지작거리다가 던져둔다. 머리칼을 두어 번 쓸어 올리다가, 다시 물 묻은 손으로 핸드폰을 집어와 그녀에게 전화를 건다.

혜리는 이제 다른 이야기를 하고 있다. 그녀가 아는 다른 여자들과 남자들에 관해. 그녀가 잘 아는 거리와, 모르는 골목들과, 빈 의자들에 관해.

"명동에는 관광가이드들만이 아는 그들의 쉼터가 있대요. 난 그게 어디쯤인지 몰라요."

혜리가 말한다.

"이 거리 어느 골목에는 '만약에'라는 간판이 붙은 호프집이 있는데, 오래된 회색 건물 지하에 있고, 밤 열시엔 항상 블루스를 틀어준대요. 나도 거길 몰라요."

유성이 말한다. 그들은 눈으로 거리를 쫓는다. 혜리의 핸드폰이 테이블 위에서 부르르 울린다. 그녀는 망설이다 전화를 받는다.

"어디 있어? 밥은 먹었어?"

석재가 묻는다. 마치 방금 전에 만났다 헤어진 사람처럼. 그녀는 전날 밤에 그에게 마흔여섯번째나 쉰두번째 다툼 이후에 이미 줄곧 자기들이 좋은 친구가 아니었는지 묻고 싶었다. 그들은 아직 연인인지, 친구인지, 이건 정리되지 않은 마지막의 연장인지, 매번 다른 시작들의 변주인지. 그 대답들은 일주일 후쯤 다시 궁금해질지도 모르지만, 지금은 아니었다.

"잠깐만. 나 뭘 보고 있어."

혜리가 핸드폰에 대고 그렇게 말하자 유성이 창에서 고개를 돌려 그녀를 쳐다본다. 혜리는 오른손에 들고 있던 핸드폰을 왼손으로 옮겨 잡고는 오른손 손바닥을 유성의 왼뺨에 갖다 대며 미소를 짓는다. 그녀는 소리 내지 않고 입술 모양으로만 '고마워'라고 반말로 그에게 인사하고는 손을 내린다. 유성은 잠시 시선을 떨어뜨렸다가 다시 눈을 들어 올려 그녀에게 미소를 되돌려준다. 그리고 두 사람은 동시에 거리를 내려다본다.

"뭘 보는데?"

석재가 묻는다.

"영화. 지금 사람들 이름이 올라가고 있어."

혜리가 대답한다. 너무 많은 것들이 떠오른다. 한 관계 속에 있는 많은 관계가, 한 거리에 오고가는 무수한 사람들과 이야기가. 그리고 핸드폰 저편에서는 이 도시에서 가장 가깝게 느꼈던 남자의 숨소리가 들려온다.

우리 시대의 서울을 위하여

이경재(문학평론가)

끊임없는 상상력의 샘

시끌벅적한 도심 거리를 걸을 때, 내 진짜 표정이 무엇인지 묻지 않는 인파들 속에 뒤섞여 상품을 고르고 차를 마시고 수다를 떨 수 있다는 사실은 가끔씩 즐거움과 위안이 된다. 그 거리의 어느 골목과 대로에 내 진짜 표정을 아무 경계심 없이 지어볼 수 있는 영화관, 박물관, 기도할 수 있는 마당과 누군가를 애도할 수 있는 오래된 공간들이 공존한다는 것은 때로 내게 삶을 사랑할 수 있는 용기를 준다.(기준영, '작가의 말', 158쪽)

기준영이 압축적으로 말했듯이, 서울은 한국의 수도로 '수많은 인파', '다양한 공간', '편안한 익명성'을 제공하는 공간이다. 이러한 특성은 조선의 한양과 일제시대의 경성을 거쳐 오늘의 서울에 이르기까지 600년의 전통과 역사가 축적되었기 때문에 가능한 것이다. 현재도 서울에는 국내 인구 중 4분의 1이 살고 있으며, 대한민국의 자본과 핵심적인 기술이 집약되어 있다고 해도 과언이 아니다. 이러한 서울을 하나의 통일된 인상이나 의미로 규정하는 것은 불가능하다. 그것은 이제 한국을 넘어 세계의 메트로폴리스가 되어버린 도시가 갖게 마련인 복잡성 때문이기도 하지만, 서울만이 지닌 혼종성 때문이기도 하다. 이러한 혼종성은 식민지, 분단, 전쟁, 산업화로 이어지는 과정에서 서울이 겪은 엄청난 속도의 변화 때문이라고 할 수 있다. 그리하여 단일한 모습의 서울은 어디에도 존재하지 않는다. 강남과 강북, 북촌과 이태원, 홍대와 로데오 거리 등의 다양성까지 아우르는 것이 서울이라고 한다면, 서울은 그야말로 거대한 잡종이라고밖에는 달리 표현할 길이 없다. 서울은 수없이 많은 얼굴을 지니고 있다.

서울을 대상으로 한 작품은 한 지역적 특수성을 드러내기에 지역문학으로 볼 수도 있다. 그러나 서울을 소재로 한 작품들은 지역문학인 동시에 막바로 한국문학으로서의 특징을 지닐 수밖에 없다. 서울의 특수성은 이미 한국적 보편성을 지닐 수밖에 없을 정도로 서울이 차지하는 역할과 위상은 절대적이기 때문이다. 우리 문학에서 서울의 얼굴은 실로 다양하게 나타났다.

그중 대표적인 작품 몇 가지만 꼽자면, 이상의 「날개」, 박태원의 「소설가 구보씨의 일일」과 『천변풍경』, 염상섭의 『삼대』, 이태

준의 「달밤」, 심훈의 「그날이 오면」, 이희승의 「딸깍발이」, 김승옥의 「서울, 1964년 겨울」, 신동엽의 「서울」, 김광섭의 「성북동 비둘기」, 최일남의 「서울의 초상」, 장정일의 「서울에서 보낸 3주일」, 정호승의 「수표교」, 김연수의 「쉽게 끝나지 않을 것 같은 농담」 등을 들 수 있다. 서울이 흐르는 물처럼 끊임없이 변모해나가듯이, 서울을 대상으로 한 문학적 상상력 역시 쉼 없는 변화를 보여주고 있다. 지금의 작가들에게 있어서도 서울은 여전히 매혹적인 문학적 탐구의 대상이다. 첫번째 테마소설집 『서울, 어느 날 소설이 되다』(강, 2009)에 이어지는 두번째 테마소설집 『서울, 밤의 산책자들』(강, 2011)이 이를 잘 증명해준다.

촌놈이 서울 프라자 호텔에서 잃어버린 것

김미월의 「프라자 호텔」은 서울을 대하는 각기 다른 감각을 선명하게 대조시키고 있다. 특히 이 작품은 지금 삼십대 중반이 된 사람들이 피부로 만지고 마음으로 느끼고 머리로 사유했을 서울의 과거와 현재를 실감나게 형상화하고 있다.

지방 출신 유학생인 '나'에게 서울은 "놀라운 곳"이다. 처음 그 놀라움은 예비소집일에 백만 원이 넘는 정장을 입고 온 지방 유지의 아들에게 "이 캄캄한 절망의 시대에 명품이라니 창피한 줄 알라며 대놓고 비난하는 선배"(45쪽)를 보고 생긴다. 두번째 놀라움은 예비소집일에 양복 입고 온 촌놈에다 수강 신청도 엉망으로 한 '나'가 서울내기 동기인 윤서와 명동에서 을지로입구역을 지나 시청 쪽으로 걸을 때 발생한다. 십 분 전이나 십 분 후나 똑같은 풍경이 아니라 일 분마다 바뀌는 거리의 풍경, 그 어디에도 아는 얼굴이 전혀 없다는 것 등이 나에게 그와 같은 놀라움을 가져다준 것이다.

이에 반해 윤서에게 서울은 놀라움과는 거리가 멀어도 한참 먼, 너무나 익숙한 곳이다. 그녀가 서울을 인식하기 위해서는 특별한 의식(儀式)이 필요할 정도이다. 그것은 서울 프라자 호텔에서 숙박하는 것이다. 윤서는 스무 살이 되고 나서 친부모를 만나기 위해 처음으로 고국을 찾은 입양아의 심정으로 고국의 수도를 바라보고 싶다고 말한다. 그럴 때만이 윤서는 "이십 년간 부대끼며 살아온 익숙한 고향 땅이 아니라 난생처음 보는 어떤 매혹적인 이방의 땅"(59쪽)으로 서울을 새롭게 바라볼 수 있는 것이다. 시위 현장에서 우연히 만난 '나'와 윤서가 시청역까지 걸으며 나누는 다음의 대화는 서울을 대하는 둘의 다른 감각을 잘 드러낸다.

"난 여기가 싫어. 사람도 너무 많고 너무 시끄러워. 거리에는 똑같이 생긴 아파트들밖에 없고 공기는 탁하고. 밤에도 너무 밝아 잠을 잘 수가 없어."
사람이 많고 시끄러워서 나는 오히려 좋았다. 나까지 덩달아 흥이 났으니까. 서울은 어디를 가도 똑같은 곳이 한 군데도 없고 마음만 먹으면 1년 365일 데이트 코스를 365가지로 짤 수도 있었다. 밤에도 밝으니 혼자 있어도 덜 외로운 것처럼 느껴졌다.(57쪽)

이 작품은 두 가지 시간 층으로 구성되어 있다. 첫번째는 '나'가 아내인 윤서와 서울 프라자 호텔에 휴가를 와 있는 현재이고, 두 번째는 '나'와 윤서가 함께 겪은 십여 년 전의 대학교 시절이다. 과거에 '나'는 프라자 호텔에서 숙박하는 윤서의 꿈을 이루어주기 위해 자신의 자취방 월세 석 달분에 맞먹는 돈을 모아, 크리스마스에 윤서를 기다린다. 그러나 윤서는 나타나지 않았다. 윤서는 그때의 일은 잊어버린 채, 지금은 '나'와 함께 프라자 호텔에 묵고 있다. 윤서는 오 년 전부터 서울 시내의 호텔에서 휴가를 보내는데, 이번 휴가의 목적지는 서울 프라자 호텔이었던 것이다.

이러한 시간의 변화는 '나'와 윤서의 의식상의 변화와 맞물려 있다. 대학 시절 집회 현장에서 만난 윤서와 '나'는 자신들도 나중에 나이가 들면 "나도 왕년에 철없던 시절 데모 좀 했지, 하면서 느긋하게 구경만 하"(56쪽)는 어른이 될까라는 식의 대화를 나눈다. 그러나 지금 '나'와 윤서 역시 이전의 바로 그 구경만 하던 시민들이 되어 있다. 윤서는 용산 참사가 벌어진 현장에서 용산 참사를 걱정하는 것인지 차가 막힌 것을 걱정하는 것인지 분명치 않은 "어떡해 어떡해"(61쪽)를 연발할 뿐이다. 마지막은 "십수 년의 세월이 흐른 지금 그 이야기를 한다면 그녀는 믿을까. 그때의 일을 기억이나 할까. 내가 바로 그때의 나라는 걸, 우리가 바로 그때의 우리라는 걸, 증명할 수 있을까"(65쪽)라는 생각으로 끝난다. 고작 십 년 만에 '나'와 윤서는 서울 프라자 호텔에서도 서울을 새롭게 인식할 수 없는 진짜(?) 서울 시민이 된 것이다.

서울 생활을 위해 버려야 할 것들

이 책에 수록된 작품 중에서 이홍의 「삼인구성의 가정식 레시피」와 윤이형의 「결투」는 서울이 지닌 외형상의 풍요로움과 안정 이면에 도사리고 있는 불안과 비정함을 강하게 환기시킨다. 이홍의 「삼인구성의 가정식 레시피」는 추리소설적 기법을 통하여 풍요로운 중산층의 일상 이면에 도사리고 있는 무시무시한 폭력과 불안의 정체를 자근자근 추적해가고 있는 작품이다. 이 작품은 "매일 저녁 열리는 반상회, 아파트에서 일어난 실종 사건, 파크세븐의 화재, 뜬금없는 저녁의 육류 요리"(142쪽)와 같은 사건들을 중심으로 이루어져 있다. "아내의 레시피는 더도 덜도 말고 삼인구성의 식구를 위한 것이었다"(127쪽)는 문장 속에 이 작품의 핵심적인 주제가 담겨 있다. 이 '삼인구성의 식구'를 위해서 '당신의 부인'은 어떤 일도 마다하지 않는다.

아파트의 같은 동에 사는 한 여자가 실종되고, 그 여자는 비닐하우스촌을 철거하고 유치한 대형쇼핑몰 화재 현장에서 불 탄 시체로 발견된다. 아내를 비롯한 뉴타운 아파트 반상회가 "눈엣가시

취급하던 여자"(153쪽)는 결정적으로 "교육센터 유치에 반대서명까지"(129쪽) 한 경력이 있다. 이 여인의 죽음에 아내가 깊이 개입되어 있음은 작품의 여러 정황을 통해 강력하게 뒷받침된다. 대형 복합쇼핑몰에서 불이 나던 날, 남편도 모르게 휴가를 얻은 아내는 집에 돌아와서 신경질적으로 문을 걸어 잠근다. 딸은 "목구멍"이라 부르는 변기 구멍에서 립스틱, 귀고리, 콘택트렌즈를 계속해서 건져낸다. 나중에는 '당신'이 직접 변기에서 빨간 손톱이 떠오른 것을 발견한다.

숱한 우여곡절 끝에 복합쇼핑몰을 학원센터로 개관하는 반상회의 계획은 실현된다. 작가는 한 여인의 실종과 죽음을 통해 경제적 이득을 위해서는 한 인간의 목숨까지 빼앗을 정도의 극단적인 폭력이 난무하는 곳이 바로 서울임을 말하고 싶었던 것이 아닐까? 끝도 없이 계속되는 아내의 느끼한 육류 요리 속에는 서울을 지탱하는 기름진 욕망의 역겨움이 그대로 담겨 있다.

윤이형의 「결투」는 도시의 삶을 견뎌내기 위해 우리가 버려야만 하는 양심과 윤리를 판타지적인 수법으로 그려낸 소설이다. 언젠가부터 사람들은 계속 분열했고, 분열은 분리로 이어졌다. 사람들은 자신과 DNA가 동일한 몸을 처리하기 위해 분리체와 결투를 한다. 결투에서 이기는 쪽은 본체이자 인간으로 인정되고, 지는 쪽은 분리체이자 이물질로 분류되어 법에 의해 처리된다. '나'는 이 결투의 진행요원이다.

특이하게도 최은효라는 여인이 세 달 만에 두 번이나 분리체를 처리하기 위해 결투장을 찾는다. 분리체들의 부탁으로 '나'는 최은효와 대화를 나누고, 분리체의 정체는 조금씩 모습을 드러내게 된다. 이 작품에서 분리체는 서울이라는 도시 생활을 견뎌내기 위해 제거해야 할 양심이나 기억 같은 것이다. 분리체는 밤에 자다가 누군가 문 두드리는 소리에, 그냥 외면하는 최은효나 그녀의 남편과는 달리 "집에서 가족들한테 쫓겨난 할아버지나 할머니면 어떻게 하느냐"(108쪽)며 민감하게 반응한다. 마트에 가서는 샴푸 하나를 들어 보이며 이 회사는 잔인한 동물 실험을 하는 곳이라거나 마트를 운영하는 기업에서 있었던 안 좋은 일을 기억해 "이런 마트에서 뭘 사면 안 되는 거 아니냐"(108쪽)고 묻기도 한다. 간단히 말해 분리체는 고깃집에 가서 "당신이 지금 드시고 계신 소는 이렇게 도살되었습니다, 하고 소 잡는 영상을 보여주는 식"(109쪽)의 행동을 하는 것이다. 이러한 분리체는 '나'를 조금 불편하게 한 것은 사실이지만, 그런대로 공존은 가능했다. 그러나 서울로 들어오게 되자 분리체는 제거할 수밖에 없는 존재가 된다.

'나'는 친구를 전혀 사귀어본 적이 없으며, "어떤 이야기가 불편하고 어떤 이야기가 불편하지 않은지 알 만큼 타인과 대화라는 것을 해본 적이 없"(105쪽)을 정도이다. 한마디로 '나'는 본래 분열하지 않는 종류의 사람이었다. 그것이야말로 타인의 결투를 지켜보는 직업에 요구되는 필수조건 중 하나이다. 그러나 마지막에 '나'는 분열하기 시작한다. 태어나서 처음으로 타인과 이야기를 나누고, "친구로 지낼래요?"(119쪽)라는 말을 건넬 정도로 그녀에게 관심을 기울인 결과이다. 이제 '나' 안에도 양심이나 윤리 같은 것이 싹트게 된 것이다. 이를 통해 '나'는 이전에 한 번도 해본 적 없는 생각도 한다. '포 시즌 메이플 리브스'라는 밴드의 너무도 멋진 공연이, 불과 한 시간 전 결투가 벌어져 피가 흥건했던 장소에서 이루어진다는 것에 "세상의 모든 것이 슬프게 느껴졌다는 생각"(119쪽)까지 하게 된 것이다. 분리체를 제거하는 일의 중지, 그 이전에 사람들이 분열과 분리를 겪지 않는 조화로운 상태에 머물 때, 서울은 한층 인간다운 도시가 될 것임에 분명하다.

서울은 아름다워

이홍의 「삼인구성의 가정식 레시피」와 윤이형의 「결투」가 서울이 감추고 있는 폭력성과 비인간성을 실험적인 기법으로 나타냈다면, 전경린의 「백합과 공룡의 벼랑길」과 황정은의 「양산 펴기」는 햇빛의 이미지를 통하여 씨처럼 박혀 있는 이 도시의 빛과 아름다움에 대하여 잔잔하게 말하고 있다.

전경린의 「백합과 공룡의 벼랑길」은 '나'가 몇 년 전 살았던 아파트의 아래층 노인의 부고장을 받고, 그 당시 동거인이었던 당신에게 쓴 편지이다. 이 작품은 지금은 사라지고 없는 서울의 작은 아파트를 배경으로 서울에서 살아가는 사람들을 백합과 공룡의 이미지를 통해 형상화하는 데 성공하고 있다. 백합은 백악기에도 피었던 꽃으로 공룡의 추억을 지니고 있다. 그러나 지금 백합은 살아남았고, 공룡은 멸종했다. 이 작품에서 백합은 "햇볕 속에서 아무런 피해의식도 없이 평화롭고도 화려"(14쪽)하다고 설명된다.

이 작품에서 공룡은 '나'의 동거남이었던 유부남 '당신'을 통해 구체화된다. 당신은 "내 모든 것의 맛을 보려고"(17쪽) 할 정도로 나에게 집착한다. 여러 가지 '사이'에서 힘겨워하던 당신은 늘 술을 마셨으며 스스로 무너져갔다. 점점 나에 대한 당신의 집착이 커져가고, 나는 이별을 통보한다. 당신은 이에 맞서 더욱 심한 집착과 폭력을 행사하기 시작한다. 그는 "백합꽃 핀 벼랑길을 거대한 몸으로 매달리듯 걸어가는 피투성이 공룡"(27쪽)이었던 것이다. 동시에 그 남자는 우리 안에 도사린 "심연"(30쪽)을 의미한다.

이 작품에서 백합을 상징하는 것은 같은 아파트에서 살았던 한 노인이다. 그 노인은 "중립적이고 신중하고, 그리고 환한 분"(10쪽)으로, "나에게 친절했던 유일한 주민"(10쪽)이다. 또한 피투성이 공룡이 된 당신이 나를 괴롭힐 때, '나'를 보호해준 것도 바로 노인이다. 노인은 햇빛 알레르기가 있는 나와는 달리 매일 오전 일광욕을 한다. 그러고는 내가 햇빛 알레르기를 치료할 수 있도록 여러 가지 도움을 준다. 그 편지의 마지막에는 이제 햇빛 알레르기가 나았다는 소식도 담겨 있다. 그녀는 이제 그 노인이 그러했듯이, "햇볕 속에서 아무런 피해의식도 없이 평화롭고도 화려"(17쪽)한 백합이 된 것이다.

백합이 햇볕 속에서 산다는 것은 여러 가지로 의미심장하다. 이 작품의 '나'는 햇볕 알레르기가 있어 집 안에서도 커텐을 쳐놓고 살아야만 했던 것이다. 그녀는 공룡은 아니었지만, 결코 백합은 되지 못했던 어둠 속의 존재였다. 이 작품 속에서 햇볕을 피하는 '나'의 모습은 또 다른 이웃인 2층에 사는 두 여자를 통해서도 나타난다. 그녀들은 꽃말처럼 사람에게도 말이 있다면, "나를 가만히 놔둬요, 나도 당신들을 그대로 놔둘 게요"(15쪽)라는 말을 지닌 사람들이다. 남대문 시장에서 우연히 발견한 두 여자에게 말을 걸지만 돌아온 것은 냉담한 시선뿐이다. "아무리 보고 또 보아도 서로의 증인이 되지는 못하는 사람들, 그녀들과 우리, 서로가 무채색 배경에 지나지 않는 타인들, 서로 심판하지 않기 위해 더욱더 무관심해진 타인들, 그것이 이웃"(25쪽)이었던 것이다. 이 작품은 서울을 압축해놓은 작은 아파트의 여러 인물군상을 통해 햇볕 속에서 평화롭고 화사하게 피어나는 백합이 되어야 한다고 말하고 있다.

황정은의 「양산 펴기」에서 서울의 따뜻함은 이미 우리 주위의 평범한 이웃들 속에 숨쉬고 있음을 조용하지만 확신에 찬 어조로 속삭인 작품이다. '나'는 바자회에서 하루 동안 양산을 파는 아르바이트를 한다. 황정은은 『백의 그림자』(민음사, 2010)를 통해서 착한 사람 그리기의 전문가임을 증명한 바 있다. 이 작품의 '나' 역시 그러하니, 그가 아르바이트를 하기로 한 것은 함께 사는 녹두에게 장어를 사 먹이기 위해서이다.

바자회장 건너편에는 깨끗한 외벽을 가진 구청 건물이 4층 높이로 솟아 있다. 갑자기 노점상연합 공무원노조 철거민연합이라는 이름이 적힌 현수막 세 개가 오르고, 노란색으로 투쟁이라고 적힌 조끼를 입은 사람들이 나타나 집회가 시작된다. 집회에 나온 사람들은 "노조 사무실 야밤 급습이 웬말이냐 호화청사 웬말이냐 노점상 철거민 생존권 보장 비리구청장 물러나라"(79~80쪽)고 외친다. 한편 바자회 현장에는 방송국 카메라와 구청장 후보가 나타나 유세 행위를 하기도 한다. 이 두 가지를 바라보는 주인공과 작가의 태도는 담담하다 못해 차갑다.

이에 반해 작품의 후반부에서 '나'는 두 차례 감정의 고양을 경험한다. 양산을 사는 한 할머니와 노상에서 보리개떡을 파는 상인을 대할 때 그러한데, 이러한 감정상의 격차를 통해서 작가는 자신이 생각하는 올바른 삶의 태도를 분명하게 전달하고 있다. 한 할머니가 '나'의 양산 판매대에 와서, AS가 되는지 부러지면 새 걸로 바꿔주는지 등을 묻는다. 이에 '나'는 "살살 쓰면 되지 왜 부러져 살살 쓰세요"(86쪽)라고 말한다. 여기서 한 차례 감정의 고양이 있다. 집으로 돌아오는 길 트럭에서 보리개떡을 파는 아저씨의 "보리갯 떡 보리갯 떡 보리 떡 보리 떡 보릿 떡, 하며 놀 듯 노래하듯 확성되는 소리"(89쪽)를 듣는다. 흥미로운 것은 이때 '나'의 눈에 "눈물이 글썽 고인"(89쪽)다는 사실이다. 바자회 중에 여러 가지 일을 겪으면서 냉정한 태도를 유지하던 '나'는 할머니와 보리개떡 장수를 만나고 눈물을 보인다.

'나'는 집에 돌아와서 "로베르따 어쩌고 이태리 메이커에 제조는 중국입니다"(89쪽)라고 잠꼬대를 한다. 이 잠꼬대는 무의미한

헛소리가 아니라 하나의 '노래'로 규정된다. 황정은에게 서울은 노래(시)를 가르쳐주는 곳이고, 그러한 노래(시)는 가장 낮고 평범한 곳에 존재하는 신을 닮은 우리 이웃들의 마음에 담겨 있는 것이다.

세련되고 정밀한 서울 안내서

근대에 들어 서울은 작가들에게 늘 모순적이었다. 그것은 말할 수 없는 선망의 대상이면서도 상종하기조차 싫은 외면의 대상이기도 하였다. 동시에 서울은 끊임없는 매혹의 공간이면서도 몸서리가 처지는 곤혹의 결정체이기도 하였다. 세계적인 거대도시가 된 오늘날 서울은 이전보다 더한 혼종성을 지닌 채 우리 앞에 그 위용을 드러내고 있다. 여기 실린 여섯 편은 독특한 감각과 감성으로 오늘날 서울의 다층적인 속살을 감미롭게 때로는 섬뜩하게 드러내주고 있다. 이들 작품을 통해 서울은 시골에서 막 상경한 스무 살 청년의 눈에 비친 스크린으로, 가족의 행복을 위해서는 그 어떤 일도 행할 수 있는 섬뜩하고 느끼한 욕망의 하수구로, 양심이나 자의식 따위는 얼마든지 삭제해버려야 하는 결투장으로 형상화되기도 한다. 동시에 서울은 스스로 백합이 된 인간들이 존재하며, 곳곳에 시(詩)와 노래를 내장하고 있는 그 자체로 햇살처럼 찬란한 아름다움의 공간으로 현상된다. 이러한 다양함이야말로 서울이 지니는 매력의 정체가 아니겠는가? 그러니 감히 이렇게 말할 수 있을 것이다. 여기 실린 여섯 편의 소설은 우리 시대를 대표하는 작가들이 쓴 서울에 대한 가장 세련되고 정밀한 안내서라고.